오늘부터 나는 갑으로 삽니다

오늘부터 나는 갑으로 삽니다

지은이 **염혜진**
펴낸이 **임상진**
펴낸곳 (주)넥서스

초판 1쇄 인쇄 2022년 9월 25일
초판 1쇄 발행 2022년 10월 5일

출판신고 1992년 4월 3일 제311-2002-2호
10880 경기도 파주시 지목로 5 (신촌동)
Tel (02)330-5500 Fax (02)330-5555

ISBN 979-11-6683-349-6 03810

가격은 뒤표지에 있습니다.
잘못 만들어진 책은 구입처에서 바꾸어 드립니다.

www.nexusbook.com

오늘부터 나는 갑으로 삽니다

사회생활이 만만해지는 **갑력 충전** 처방전

염혜진 지음

넥서스BOOKS

×추천의 글×

한 번뿐인 내 인생 어떻게 살아야 할까?
대부분의 직장인은 남들이 만들어놓은 틀 속에 갇혀 살아간다. 저자 역시 그랬다. 세상과 조직의 틀 속에 갇혀서 자신을 잃고 오랜 시간을 방황하며 보냈다.
그러나 그녀는 자신이 만든 세상에서 자유롭게 살고 싶었다.
자신을 찾으려는 노력 끝에 결국 자신이 원하는 삶, 좋아하는 일, 도전하는 삶을 통해 자신의 세상을 만들어가고 있다.
앞으로 그녀 앞에 펼쳐질 멋진 미래가 기대된다.

_단희쌤(이의상, 단희캠퍼스 대표)
『그냥 오는 돈은 없다』 저자

사회 초년생들에게는 회사에서 살아남는 지혜를, 다년간의 경험자들에게는 마음을 추스르며 더 높은 곳으로 도약할 수 있는 희망을 선사할 것이다.
바쁜 회사원들이여.
당신도 오늘부터 '갑'으로 살아갈 수 있다.

_김지은(남북한 통합 1호 한의사)
『당신은 선택할 수 있습니다』 저자

병맛 두부가
갑력 인생약사가 되기까지

직장인이 된 지 올해로 18년이 되었다.

첫 직장을 입사 2년 만에 나왔을 때 부모님이 말씀하셨다.

"그렇게 끈기가 없어서 돈이나 벌겠냐?"

퇴사 후 다시 공부를 했고 전공을 바꾸었다. 오래 돈을 벌고 싶어 약대에 진학했다. 하지만 새로운 전공인 약학대학을 졸업하고도 2년 동안 10번 이상 직장을 옮겨 다녔다. 부모님은 다른 전공으로 졸업해도 여전히 직장을 옮겨 다니는 나를 한심하게 생각하셨다. 그런 내가 병원 약사로 14년째 일하고 있다.

스무 살 이후 계속 아르바이트를 했다. 학생 과외, 아동복 판매사원, 리서치 회사 전화 조사원, 전문 번역 회사 번역 업무 등. 대학 졸업 후에도 편입 준비 기간 8개월을 제외하면 쉼 없이 직장생활을 했다. 식품회사, 외국계 제약회사, 동네약국, 종합병원 앞 문전약국, 대형병원, 중소병원 등. 직원이 1명인 곳부터 100명,

몇 천 명인 회사까지. 어느 곳에서든 나는 시키는 일을 완수해내고 다른 일을 또 부여받는 사람이었다. 뭔가를 하고 나면 항상 다음 단계는 조금 더 어렵고 도전해볼 만한 일이 주어졌지만 그에 맞게 보상이 따라오지는 않았다.

대학교를 졸업하기 전까지만 해도 사회에 나가면 큰일을 하게 될 줄 알았다. 하지만 현실의 나는 큰 회사의 작은 톱니바퀴에 불과했다. 회사는 갑이고 내가 을이라는 관계 혹은 을 입장인 부서에 속한 을도 아닌 병에 가까운 위치가 딱 내가 속한 세상이었다.

첫 직장인 식품회사에서 '두부 사업부' 소속인 나는 '두부 PM'(product manager)으로 불렸다. 어느새 나는 회사에서 그냥 '두부' 혹은 '염'으로 불렸다. 일 때문에, 사람 때문에 힘들어 회사 화장실 한 켠에 들어가 자주 울었다. 그런 나는 큰 회사의 갑도 을도 아닌 '병맛 두부'였다. 그 생활이 싫어서 약대에 다시 들어가 약사가 되었다. 그런데 장소만 병원 화장실일 뿐 또 똑같이 화장실 한 켠에서 울고 있었다.

어느 순간 내 인생 자체가 병 같다는 생각이 들었다. 누군가에 의해 좌지우지되는, 다를 것도 멋질 것도 없는 병맛 같은 삶. 내가 이렇게 살려고 쉬지 않고 일하고 공부한 건 아닌데, 삶이 조금도 나아지지 않았다. 병맛 같은 삶이 몹시 싫증나고, 사는 것도 점점 재미없어졌다.

'돈은 버는데 왜 통장 잔고는 늘 비어 있을까?'
'또 승진에서 미끄러졌어. 무엇이 문제일까?'

그러던 어느 날 아주 작은 일 하나가 일어났다. 나보다 나이는 많지만 나보다 늦게 입사했고, 내심 '그래도 저이보다는 내가 일은 잘하지'라고 생각했던 사람이 있었다. 그런데 그녀가 내가 원하던 중간관리자 위치로 자리를 옮긴 거다. 나는 여전히 입사 1, 2년 차와 같이 일하는 만년 평사원 약사인데 말이다.

순간 머릿속에 번개를 맞은 기분이었다. 이대로 살다가는 지금 같이 일하는 1, 2년 차 밑에서 병이나 정 입장으로 살며 일하겠다는 위기감이 들었다. 정신이 확 들었다. 그리고 질문 자체가 바뀌었다.

'나는 왜 돈을 벌까.'
'나는 왜 일을 할까.'
'건강하게 일도 삶도 즐기려면 어떻게 해야 할까?'

처음에는 새로운 질문에 하나도 대답할 수 없었다. 꽤 오랜 시간이 지나 내 삶을 되돌아보며 조금씩 질문에 답을 찾아갔다. 그 결과, 지금은 '인생약사'라는 브랜딩으로 우리 인생을 좀 더 번영

시키는 것을 내 일이라 여기며 글도 쓰고 강의도 하는 사람이 되었다. 물론 나 자체가 거창하게 바뀌거나 환경이 바뀐 것은 없다. 단지 예전처럼 내 신세를 한탄하며 회사 욕만 하는 사람에서, 내 몸과 마음의 건강에 진심을 담은 갑력을 갖춘 사람이 되었다고 믿는다.

이 책은 다양한 회사를 거치며 여러 인간관계를 경험하고 배운, 회사에 대한 단상과 내 마음의 변화를 기록한 책이다. 다른 책과 차이점이 있다면 마음의 건강만큼 중요한 몸의 건강을 위해 영양제 및 건강에 대한 정보를 약사 입장에서 담았다는 것이다.

퇴사할 용기나 실행력이 없어서, 회사가 지겹지만 아직도 회사에 다니고 있다면? 아무리 퇴사가 유행이라지만 지금 당장 살기 위해 마지못해 회사에 다녀야 한다면?

지금 바로 할 수 있는 것 딱 하나, 내 마음부터 먼저 바꿔보자. 당신은 당신 인생의 갑이라는 마음 말이다.

회사에서 비록 갑은 못 되더라도 내 몸과 마음의 건강을 위해 나만의 갑력은 키울 수 있다. 건강한 몸과 건강한 마음으로 오늘부터는 달라지자! 오늘부터 갑으로 살아보자!

contents

2장. 을맛 맛보기

3장. 갑맛 맛보기

4장. 새로운 난 무슨 맛?

1장

병맛 맛보기

직장에서 라인은 존재하는가?

지금 직장, 지금의 직업을 갖기 전 나는 식품회사의 마케팅 사원으로 첫 사회생활을 시작했다. 뭐가 뭔지 모르고 갓 졸업했을 때 의욕이 활활 넘쳤다. 부서원 다섯 중 유일한 여성이지만 생수통 나르기, 복사, 부서장님 커피 타기, 부서 예산 수립(이라고 쓰고 결재 올리는 일)까지 이것저것 못하는 일 없이 척척 잘 해냈다.

단 하나, 내가 담당한 제품의 마케팅만 빼면! 내가 하는 일은 내 담당 제품의 마케팅 계획을 세우고, 제품 판매 실적을 올리는 것이었다. 마케팅 전공자는 아니지만, 입사에 성공했고 나름대로 마케팅 책도 열심히 읽었는데 결과는 처참했다. 제품도 좋고 열심히만 하면 매출이 발생할 수 있을 텐데 무엇 때문에 물건이 안 팔릴까 머리를 굴렸다. 스스로 분석한 마케팅 실패의 이유는 바로 영업사원과 안 친하다는 것. 그들이 팔아주지 않으니 매출이 늘 제자리였다. 영업부서는 8층. 마케팅을 포함한 다른 부서는 2층에 있었는데 그 여섯 층을 올라가는 게 왜 그리 부담스럽던지.

같은 부서 대리님에게 고충을 털어놓으니 나도 이제 1층에 담배 피우는 곳에 같이 갈 때가 되었단다. 그곳으로 말하자면 담배 피우는 이들의 천국이며, 가끔 사내 중요 정보가 오가는 곳이었다. 그러니 나도 그곳에 가서 정보를 얻고, 친목도 도모하는 발판을 마련하라는 의미였다. 대리님이 끄덕 고갯짓하면 스프링처럼 튀어 대리님을 따라나갔다. 이미 영업사원 몇 명과 다른 부서원들이 있는 그곳에, 담배도 안 피우지만 몇 번 따라나섰다. 그런데 갈수록 담배 냄새를 참기 힘들어 따라나서지 못했다. 일도 일이지만 건강까지 해치며 무리할 수는 없는 노릇이었다.

최근 잠실 근처의 큰 회사 옆을 지나가다가 일렬로 서서 담배를 피우는 무리를 보았다. 여전히 회사원들에게는 담배 피우며 이야기할 장소가 필요하구나 싶었다. 금연 문화에서 내몰린 흡연자들은 오늘도 바깥을 서성인다.

우리 부서가 '두부'라면 우리에게는 회사 차원에서 경쟁부서인 '만두'가 있었다. 그 부서는 우리 부서를 늘 경쟁상대로 생각하고 부서장끼리도 농담 반, 진담 반 경쟁을 부추겼다. 그러다가 그 부서에도 우연인지 필연인지 여직원이 들어왔다. 그녀는 나보다 두 살쯤 어린데 딱 봐도 꽤 당차 보였다. 들어오자마자 좋은 제품을 받기도 했고 폭풍 친화력을 보여줘 영업사원들과도 잘 어울렸다. 금세 우리 부서를 지지하는 '두부 라인' 영업팀과, 우리 경쟁부서를 지지하는 '만두 라인' 영업팀이 묘하게 형성되었다. 물론 영업사원들은 각자의 기준에 따라 물건을 팔아줬다. 결과는? 그녀는 입사 그다음 해에 사내 마케팅 스타상을 받았다. 심지어 최근에는 최연소 여성 임원이 되었다는 기사를 접했다. 만두 부서의 부서장은 그 회사의 사장이 되었다.

그럼 우리 부서는? 나는 사내에서 그녀와 비교당하는 게 견딜 수 없이 힘들었다. 또 회사 줄타기의 암투도 지겨워 퇴사했다. 우리 부서 부서장은 정년퇴임으로 회사를 나왔고 부서원들은 모두 이직하여 이제 그곳에 찾아가더라도 반겨줄 이는 없다.

라인은 분명 존재한다. 오래가는 라인에 선 게 아닌 것 같다면, 다음에 무엇을 할지 생각해보는 게 좋겠다.

영원한 직업도 영원한 직장도 없다.

빵으로 알아보는 직장 서열

보통 직장의 신입사원은 입사 순서가 연차 순서다. 입사를 먼저 한 사람이 선배, 뒤이어 들어오는 사람이 후배. 그렇게 연차와 서열이 정해진다. 물론 이때 경력직은 제외다. 기존 직원과 새로 들어온 경력직원의 동종업계 연차가 비슷하면 묘한 기류가 흐른다. 이들의 서열은 좀 더 멘털이 강한 자가 앞서는 것으로 정리된다. 일이든 분위기든 조금 더 힘 있어 보이는 사람의 승리라고나 할까.

예전 근무했던 직장에는 좀 특이한 간식 문화가 있었다. 오후 3시에 정확하게 간식이 배달되었는데 평일 중 이틀, 화요일 금요일 이런 식으로 하루는 빵, 하루는 떡이 배달되는 식이었다.

이 간식을 가져갈 때도 연차 순이라서 연차가 제일 높은 사람이 먼저 고를 수 있고, 연차가 가장 낮은 사람이 제일 마지막에 간식을 가져갔다. 그러다 보니 막내는 늘 남는 것을 가져가게 되지 결코 고를 처지가 아니었다. 나도 신입 시절에 간식을 고르라고 해서 가보면 정말 남은 빵이 별로 없었다. 그중에도 어김없이 남아있는 빵이 있었으니 바로 '뽀로로빵'. 뽀로로 그림의 포장지를 벗기면, 아이들이 좋아하는 캐릭터 뽀로로가 빵 정면에 새겨진 카스텔라 빵이었다. 처음 든 생각은 '혹시 이런 캐릭터 빵만 간식으로 보내는 건가?'였다. 왜냐하면 늘 남는 빵은 그것뿐이었기 때문이다. 하지만 며칠 후 알게 된 진실은 달랐다. 윗사람들의 책상에 놓인 것은 밤 식빵, 크루아상 등등 진짜 내가 생각하는 빵이었다.

'나도 그런 빵 먹을 줄 알아요!' 속으로 조용히 외쳤다. 나는 연차 순에 밀려 뽀로로빵밖에 집을 수 없었던 것이다.

이런 서열 문화는 휴가 사용에도 마찬가지로 적용되었다. 여름휴가 달력이 돌 때도 연차 순으로 달력이 내려와 입사 첫해 휴가는 9월 초에 강원도 양양으로 다녀왔다. 말이 여름휴가지 제법 쌀쌀했다. 해수욕장은 모두 문을 닫아서 찬바람을 맞으며 씁쓸했던 기억이 난다. '그래 두고 보자, 나도 연차 올려서 좋은 빵 먹고 여름에 여름휴가 갈 거야.'

다소 유치하지만 나름 진지하게 다짐했다. 일도 여행도 다 먹고살자고 하는 게 아니던가. 굳게 다짐했건만 몇 년을 다니다 퇴사했다.

이직한 직장은 서열이 존재하지 않았다. 이곳의 휴가 시스템이란, 매달 초 연차 관계없이 '휴가 달력'이라 부르는 곳에 선착순으로 달려가 먼저 날짜를 선점하는 사람이 원하는 날짜를 차지했다. 그러니 입사하고 일주일 차인데 작은 아이 돌잔치라고 휴가를 쓰기도 하고, 제일 바쁜 금요일이나 월요일에 휴가를 내 여행을 떠나는 후배도 있었다. 어느 정도 연차가 되니 연차로 대접받지 않는 곳에 이직하게 된 것이다. 이런 문화의 바탕에는 연차 높은 사람들이 집단으로 퇴사해서, 연차에 대한 권리를 주장할 사람이 없었던 탓이 컸다. 너무 당연하지만 남아있지 않은 자에게 권리는 없는 것. 최근 이곳에도 드디어 연차대로 휴가 우선권이 생겼다. 관두지 않고 버틴 사람들 덕분이다.

각각 회사의 장단점은 분명 있다. 신입일 때 지금의 회사에 다녔더라면 연차 관계없이 좀 더 여유롭게 휴가를 다녔을 것 같고, 연차가 올라갔을 때는 칼같이 선배를 챙기는 이전 회사가 훨씬 편했으리라.

살아남는 자가 강한 것인가, 강한 자가 살아남는 것인가.

직장인의 딜레마는 오늘도 진행 중이다.

선배, 나 이 일이 적성에 안 맞아요

이래저래 세월이 지나 선임이 돼버렸다. 연차 순으로만 보면 위에서 네 번째지만 하는 일은 신입 업무다 보니 나 스스로 '여왕 일개미'라고 불러 달라며 자조 섞인 농담을 던진다.

내가 겪은 세월만큼 다양한 사람들이 들어왔다 나가기를 반복하니 회사에는 정말 별별 사람이 다 거쳐갔다. 결혼이 세상 전부였던 A는 만나는 사람마다 결혼은 했는지, 남자친구는 있는지를 물었고 퇴사 이유는 당연히 '결혼해야 해서'였다.

불만투성이 B는 이게 나쁘고, 저게 나쁘고, 이건 뭐가 잘못되었다며, 내뱉는 모든 말이 불만이라서 같이 대화하기가 껄끄러웠다. 업무상 실수가 잦았는데, 결국 회사의 '계약직 구조가 잘못되었다'라고 열변을 토하며 나갔다. 황당한 건 다음 해에 계약직을 뽑았는데 다시 지원했다는 것이다. 여기처럼 정규직과 계약직을 거의 동급으로 대우해주는 곳이 드물다는 것을 뒤늦게 알았나 보다.

한창 바쁘고 채용이 힘들 때 들어온 최고령자 C는 다른 회사의 부서장급 일을 하다가 나왔으나, 어떤 신입 일이라도 하겠다는 당찬 포부를 밝히고 입사했다. 우리 일은 왔다갔다 움직이며 하는 일이 많은데, C는 하루 종일 앉은 자리를 지켰다. 바쁜데도 너무 앉아만 있기에 그러면 같이 일하는 동료가 힘들다고 말씀드려도 꿈쩍하지 않았다. 그러던 C가 어느 날 동창회를 다녀오고는 급히 직장을 관뒀다. 친구들이 나이도 있는데 이제 집에서 편히 쉬라고 했단다. (아마 자신이 일 안 한 것은 말하지 않고, 나이 어린 애 하나가 자꾸 일하라고 갈군다고 하지 않았을까 싶다.)

이런 와중에도 보석 같은 후배들이 들어왔기에 늘 고맙게 생각하고 지금까지 버틸 힘이 돼주었다. 그런데 일 잘하고 꼼꼼한 D가 갑자기 상담 아닌 상담을 해왔다.

"선배, 저는 이 일이 적성에 안 맞아요."

나는 주저 없이 대답했다.

"나는 이 일이 잘 맞아서 할 거 같아? 그런데 뭐 때문에 적성 이야기까지 하며 일이 안 맞는다는 거야?"

"저도 여기 들어온 지 4년이 되었는데, 학교 졸업할 때보다

지식이 더 늘어난 것 같지도 않고 이 일이 보람차지도 않아요. 사람들에게 도움되는 좋은 일인 건 알겠는데 나에게 맞는 일 같지 않아요."

"이야기 하나 들려줄게. 책에서 읽었거든."

『그릿』(앤절라 더크워스, 비즈니스북스)이라는 책에 나온 이야기를 간략하게 들려주었다.

⁙

벽돌공의 우화가 있다.

지나가는 사람이 세 벽돌공에게 물었다.

"무엇을 하고 있습니까?"

첫 번째 벽돌공이 대답했다. "벽돌을 쌓고 있습니다."

두 번째 벽돌공이 대답했다. "교회를 짓고 있습니다."

세 번째 벽돌공이 대답했다. "하느님의 성전을 짓고 있습니다."

첫 번째 벽돌공은 생업을 갖고 있다. 두 번째 벽돌공은 직업을 갖고 있다. 세 번째 벽돌공은 천직을 갖고 있다. 많은 사람이 세 번째 벽돌공 같기를 원하지만, 실제는 첫 번째나 두 번째 벽돌공과 같다고 인정할 것이다. 하지만 천직은 찾아내기만 하면 되는 완성품이 아니다. 같은 사람이 시간이 지나면서 직업을 생업, 직업, 천직으로 생각할 수도 있다는 말이다.

그러고 나서 나는 말을 이어 나갔다.

"나도 이 일이 딱 맞아서 하는 건 아니야. 계속 일을 해보면서 정 안 맞는다고 생각하면 다른 일도 알아봐. 그렇지만 계속 나에게 맞는 일 찾기를 멈추지 말아야 해. 어쩌면 이 일이 천직처럼 느껴지는 순간이 올 수도 있고."

내게도 지금의 일이 천직은 아니다. 임신 후 아이들을 키우다 보니 직장에 남아있게 되었고 여기까지 왔다. 직장인이라면 자주 생각하는 '확 관둘까?'를 나 역시 너무나 많이 되뇌며 살아왔다. 하지만 결혼 전에 관두기를 밥 먹듯 했다면, 결혼과 함께 책임감과 성숙함이 더해져 쉽게 퇴사 결정을 내리지 못했다. 나도 얼마나 많은 시간, 많은 밤을 고민하며 보냈는지. 자고 일어나 다시 출근하고 또다시 고민하다 다시 잊기를 반복했다. 달라지는 건 없었다. 기존과 똑같이 살면서 삶이 달라지길 바란 내가 이상하다고 생각하지도 못했다.

그러다 2019년부터 정신을 차리고 지금 하고 있는 이 일이 내 천직이 아니라면, 천직이 무엇인지 찾기 위해 이것저것 시도해보고 있다. 그래서 글을 쓰고 강의도 해보고, 사람들을 모아 모임도 만들었다. 이런 나 자신이 처음에는 어색했지만, 내가 하는 모든 것이 내가 진정 원하는 삶으로 가는 길이라는 확신도 생겼다. 신기한 것은 내 일에 회의를 느껴 시작한 다른 일들을 통해, 내 일이 점점 더 좋아지고 있다는 사실이다.

나는 그 후배에게 마지막 한마디를 덧붙였다.

"오늘부터 일에서든 생활에서든 단 하나라도 평소 안 하던 걸 해봐. 뭔가 조금이라도 나아지고 달라지고 있다고 느끼면 거기서부터 찾아보는 거야. 서두를 필요 없어. 적성에 맞는 그 일? 찾아가면 되니까."

오늘 그 후배는 어떤 생각을 하고 있을까?

인생약사의 올바른 약정보

영양제도 서열이 있다는데?

일반의약품, 의약외품, 건강기능식품

사람들이 자주 하는 질문이 있다. "눈이 불편한데 어떤 영양제가 좋아요?" 같은 질문들이다. 영양제라고 다 같은 영양제가 아니다. 우리가 영양제라고 부르는 것들은 약효, 기능에 따라 서열이 존재한다.

의약품 영양제

질병의 치료 및 예방을 위해 약효가 인정된 제품. 라벨의 분류가 '일반의약품'이며 약국에서만 구입할 수 있다. 의약품은 식의약처 관리대상이기에 까다로운 규격과 제조과정을 거쳐 생산된다. 다양한 임상시험을 거쳐, 약효에 대한 신뢰성이 높다. 비타민 및 미네랄 제품이나 생리활성물질, 한약 제제가 해당된다.

의약외품

비타민이나 미네랄 제품 중 함량이 낮아 위험성이 적은 것을 약국 외에서도 팔도록 만든 제품. 약국과 약국 외 각종 온라인 쇼핑몰, 편의점, 올리브영과 같은 멀티숍에서 구매 가능하다. 예를 들면 비타민C를 함유한 가루 형태의 제품이나 씹어먹는 비타민도 의약외품이 있다. 다만 제품 분류가 의약외품이 아니라 캔디류인 경우도 많으니 주의를 바란다. 캔디류에서 영양제 효과를 기대하기에는 무리다.

건강기능식품

약효는 인정되지 않지만, 건강에 도움이 될 수 있다는 기능성을 표시할 수 있는 식품이다. 기억력 개선 기능에 좋다면 '기억력 개선에 도움을 줄 수 있음'으로 표시할 수 있다.

+ 플러스 정보

건강기능식품이란 무엇인가?

1. 건강기능식품의 기능성 분류

◆ 영양소 기능은 인체의 성장·증진 및 정상적인 기능에 대한 영양소의 생리학적 작용이다. 비타민 및 무기질, 단백질, 식이섬유, 필수지방산의 기능 등이 포함된다. 예를 들면 비타민 E의 기능성은 '유해산소로부터 세포를 보호하는 데 필요'라고 표시할 수 있다.

◆ 생리활성 기능은 인체의 정상기능이나 생물학적 활동에 특별한 효과가 있어 건강상의 기여나 기능 향상 또는 건강유지·개선 기능을 말한다. 기억력 개선 기능이 있다면 '기억력 개선에 도움을 줄 수 있음'이라고 표시되며 눈건강, 혈행개선 등 31개의 기능성 분야가 있다.

◆ 질병 발생 위험 감소 기능은 식품의 섭취가 질병의 발생 또는 건강상태의 위험을 감소하는 기능이다. 현재 단 세 가지 품목만 인정받았다. 'OO 발생 감소에 도움을 줄 수 있음'으로 표시한다.

- 골다공증 발생 위험 감소에 도움을 줄 수 있음 : 칼슘, 비타민D
- 충치 발생 위험 감소에 도움을 줄 수 있음 : 자일리톨

2. 건강기능식품의 기능성 원료 분류

기능성 원료에 따라, 건강기능식품 고시형과 건강기능식품 개별인정형으로 나뉜다.

◆ 건강기능식품 고시형은 〈건강기능식품공전〉에 등재된 기능성 원료를 사용하는 것이라 누구나 사용할 수 있다.

◆ 하지만 어떤 회사가 자체 개발한 새로운 원료를 기능성 식품으로 인정받고자 한다면, 원료의 안전성이나 기능성 등의 자료를 식의약처에 제출해야 한다. 이렇게 인정받은 기능성 원료로 만든 것이 개별인정형이다(자료를 제출해 기능성을 인정받은 영업자만 사용한다).

3. 건강기능식품 판매처

건강기능식품은 온라인몰, 홈쇼핑, 멀티숍 등 다양한 경로를 통해 제품이 판매된다. 유명 약사나 의사가 온라인으로 판매하는 영양제 모두 건강기능식품이다. 또한 건강기능식품은 해외 직구 사이트를 통해서도 구매 가능하기에 소비자로서는 선택의 폭이 크다. 단, 명심할 것은 건강기능식품은 말 그대로 '식품'이라는 점이다.

4. 동일한 성분이 일반의약품과 건강기능식품 모두 나온다면?

고려은단 비타민C 1000mg은 약국이나 온라인몰 모두에서 파는 건강기능식품이다. 유한양행 비타민C 1000mg은 약국에서만 판매하는 일반의약품 영양제다. 어떤 제품군으로 허가받을지는 업체의 자유다. 건강기능식품으로 허가받는 비타민이 다양한 유통경로를 활용한다는 점에서 약국보다 가격에서 더 자유롭다. 제약사에서는 당연히 '의약품'보다 '식품'으로 허가받는 비타민을 선호한다. 건강기능식품은 광고도 자유롭다. 비타민C 1000mg 한 알의 비타민C 함량은 일반의약품 기준 900–1100mg을 충족하면 되고, 건강기능식품 비타민C는 800–1500mg을 충족하면 된다. 또 균일성에도 차이가 나는데 일반의약품은 한 알이 모두 900–1100mg을 충족해야 하나, 건강기능식품은 여러 알의 평균으로 평가한다. 낱알 하나의 함량이 떨어져도 전체 제품은 통과할 수 있다.

5. 결론

식습관이 나쁘거나 영양 상태가 불균형해서 생긴 영양소 부족은 건강기능식품으로도 관리가 된다. 하지만 영양 결핍 상태가 심해져 약효를 기대하고 영양제를 먹는다면 당연히 먼저 고려해야 할 것은 의약품 영양제인 일반의약품이다. 약효로만 서열을 정한다면 의약품 영양제, 의약외품이고, 건강기능식품 중에서는 고시형 원료로 만든 제품이 개별인정형 제품보다 먼저 고려되어야 한다.

고시형 기능성 원료는 〈식품공전〉에 등재되어 비교적 오랫동안 검증 과정을 거친 것이다. 하지만 개별인정형 원료는 영업자가 제출한 자료를 인정하여 최근 들어 효능이 드러나 검증이 진행되고 있는 원료이기 때문이다. 가끔 개별인정형 원료로 만든 건강기능식품을 쓸데없이 비싸게 팔기도 하는데 그 효과가 고시형보다 더 좋다는 근거는 없다.

현재 일반의약품 시장은 줄어들고 건강기능식품 시장이 늘어나는 추세를 거스르기는 힘들 듯하다. 나조차도 지난 몇 년, 오프라인보다는 온라인 구입이 더 익숙해졌다. 단, 인터넷에는 수많은 정보가 넘쳐난다. 조금만 찾아봐도 전문가 수준으로 알 수 있는 영양제 정보가 넘쳐난다. 하지만 여기에 정보가 아닌 광고도 교묘히 숨겨져 있다.

넘치는 인터넷 정보로 혼란스럽고 자신에게 무엇이 필요한지 잘 모르겠다면 가까운 약국을 찾아가서 약사와 상담 받아보고 선택 · 구입하는 것이 좋겠다. 오직 약국에서만 일반의약품과 의약외품, 건강기능식품을 모두 만날 수 있기 때문이다.

진상은 자기가 진상인 줄 모른다

여기저기서 너무 많이 들었던 '진상 불변의 법칙'을 아는가? 어느 장소든 진상은 한 명 이상 존재한다. 만일 그 조직에 진상이 없다면 내가 진상이라는 말씀! 예전 직장을 퇴사하고 나 나름대로 한 달쯤 쉬겠다고 계획했다. 하지만 퇴사 전 면담 때 부서장이 나한테 했던 말이 떠올랐다.

"나이 많은 니가 어디 갈 데 있겠나?"

부서장 앞에서는 아닌 척했지만, 그 말은 꽤 오래 내 머릿속에 맴돌았다. 요즘 잠재의식을 공부하고 있는데, 이 잠재의식은 좋은 것과 나쁜 것을 구별하지 못한다. 호오(好惡)가 따로 없다. 즉, 의식에 전달된 것을 그대로 받아들이는 것이다.

머릿속에 들어온 의식은, '나이 많은 여자는 갈 데가 없다'였다. 35살의 나는 분명 말도 안 된다고 생각했다. '그게 말이 되니? 난 아무리 그래도 전문직이잖아! 그리고 아르바이트라도 하면 되는 거지. 내가 언제부터 정규직을 좋아했다고.'

내게 들어온 말을 스스로 가볍게 거부했다고 생각했다. 하지만 내 잠재의식에 남겨진 생각은 달랐다. '지금 아니면 넌 영원히 아르바이트만 하며 살지도 몰라. 삼십 대 중반이니 회사도 못 들어갈 테고. 그런데 넌 조직 생활을 좋아하잖아. 갈 곳도 없고~ 이제 큰일 났다.'

집에서 쉬다가 영원히 쉬게 될까봐 더 무서웠다. 가까운 병원 약국 여기저기 모집 공고를 보고 전화도 돌려보고, 몇 군데 알아보았다. 출산 휴가와 육아 휴직이 보장되면 좋겠다고 생각했다. 한 번 들어가면 아이도 낳고 키우다가 조용히 은퇴하고 싶다는, 즉 이번에 들어가는 곳이 내 마지막 회사가 되길 바랐다.

결혼 전에 다녔던 회사를 어림잡으면 열 군데 이상 된다. 계약직이든 정규직이든 해보고 싶은 일은 무조건 지원해서 잠깐이라도 다녔다. 물론 온갖 이유로 나오기도 했지만, 결혼하고 나니 나도 모르게 안정지향적인 사람이 되었다.

'더는 옮긴 직장의 새로운 환경에 적응하기도 싫어!'

'나도 좀 안정적으로 살고 싶어!'

'이제 더 이상 이직도 지겨워!'

이런 마음 때문에 쉬지도 못하고, 퇴사 후 딱 2주 만에 많이 알아보지도 않고 새 직장에 들어갔다. 새로 들어간 직장은 12명 가량이 한꺼번에 관둬서 일손이 부족했기에 지원서가 들어오는 족족 사람을 뽑았다. 들어와서 보니 오히려 나이 많은 사람을 경력 있다 우대해주는 귀한 풍토까지 있었다. 세상에 이런 곳이 있구나! 더구나 사람이 부족해서 일이 힘들 뿐, 진상이라고 생각되는 사람이 없었다. 정말 이런 곳은 처음이었다.

내 뒤에 새로 들어오는 사람들에게 나는 이런 말을 해주었다.

"사람은 부족해서 일은 좀 고되고요. 좋은 점은 진상이 없어서 인간관계 스트레스는 없을 거예요. …물론 이상한 사람은 있지만요."

이상한 사람과 진상을 가르는 나만의 기준이란? 이상한 사람은 자신만의 독특함이 있어서 시끄러울 뿐 다른 사람에게 해를 끼치지는 않는다. 예를 들면 질문을 하나 하면 열 마디로 대답하는 사람 같은 경우다. 피곤하지만 들어주면 되고, 악의는 없(어 보인)다. 하지만 진상이라고 일컫는 사람은 묘하게 피해를 준다.

다른 사람들을 불편하게 한다. 함께 있으면 불편하다. 직장 내 진상은 누군가 힘들어하는 것을 봐도 도울 생각을 하지 않는다. 자기 편의만 우선시해서 다른 사람은 안중에 없다. 공감 능력이 떨어지는지 다른 사람의 감정을 읽으려 하지 않는다.

이 이야기를 다른 사람에게 해주며 진짜 우리 조직에 진상이 없으니 내가 진상인가, 라고 웃으며 말한 적이 있었다. 그런데 그분이 나타났다. 숨은 진상! 주위에 혹시 직장 진상이 없고 평화롭다면 그 분위기에 박수를 보낸다.

하지만 없다면 한 번쯤 의심해보라.

내가 진상이거나 그분이 숨어있을 수도 있다는 것을.

우리 회사에 숨은 진상이 있다 1

내가 입사할 무렵, 우리 부서는 매서운 칼바람이 몰아친 후였다. 다니던 직원들이 임금 인상을 요구하며 집단행동에 돌입하고 사표를 냈는데 모든 사표가 수리되었다. 임금이 오르지 않은 것은 물론 그들 모두 회사를 나갔다. 그러다 보니 채용 공고를 내면 지원자가 와서 면접을 본 뒤 바로 다음 주부터 근무가 시작되었고, 하루가 멀게 면접이 진행되면서 새로운 사람들이 충원되었다.

나는 정규직 전일 근무자로 들어왔기에 부족한 인원으로 일하는 고충을 매일매일 몸으로 겪었다. 다섯 명이 할 일을 한두 명이 하다 보니 매 순간 사건과 사고가 끊이지 않았다. 하지만 무슨 배짱이었는지 여기서 한번 잘해보고 싶다는 생각 때문에 힘들어도 묵묵히 일했다. 아마도 결혼하고 1년쯤 되는 때라서 힘들었던 회사 일도 신랑과 달콤한 데이트로 풀 수 있었기에 그 시기를 견뎠으리라.

A는 내가 입사하고 한참 후 들어온 중고 신입이었다. 그녀는 경력직으로 지원했고, 육아 때문에 오전 근무 계약직으로 들어왔다. 나름 나도 적응하는 시기였고, A는 부서의 다른 파트에서 근무하여 우리는 업무상 겹치는 일이 전혀 없었다. A도 혼자 하는 일을 맡아 다른 누구랑 크게 교류할 틈은 없었다. 가끔 대화할 일이 있을 때의 느낌은 침착하고 조용한 말투가 기억에 남는 사람이었다.

입사 5개월 차에 나는 임신에 성공했다. 우리 부서는 점점 인원이 채워져 마침내 나도 출산 휴가와 육아 휴직을 쓸 수 있었다. 아이를 봐줄 사람이 없었기에 출산 휴가와 더불어 육아 휴직까지 꽉 채워 쓰면서 아이를 키웠다. 그런데 복직 한 달 전쯤 부서장의 전화가 걸려왔다. 딱 한 달만 일찍 복직할 수 없냐는 얘기였다. 또 누가 관둬서 일손이 부족한 모양이었다. 그런데 그때 나는 큰 실수를 했다. 부서장은 단순히 의견을 묻는 것이 아니라 간곡한 요청이었는데 나는 (직장생활이 오래되지 않아) 그 말의 숨은 의미를 몰랐다. 돌이 겨우 지난 아이를 어린이집에 한 달 먼저 맡길 자신이 없어서 예정된 휴직을 다 채우고 복직을 했다. 그 사이 A는 오전 근무 계약직이 아니라 전일제 정규직으로 전환하고 책임이라는 직급을 단 상태였다. 직급 수당은 따로 없지만 내가 평사원이라면 그녀는 이미 대리쯤이라고나 할까.

복직 후 나에게는 병원 약국에서 환자들을 상대로 복약 지도를 하는 업무가 주어졌다. 이는 신입이 들어와도 하는 일이었다. A는 기록을 만들고 실적을 관리하는 관리자급의 일에 조금씩 적응해가고 있는 것 같았다. 가끔 내가 일하는 곳으로 나올 때 말고는 마주칠 일은 없었다. 그녀가 맡은 업무는 늘 혼자서 하는 일이기에 아무도 A의 업무 스타일을 알지 못했다. 나는 여전히 신입 업무 주위를 맴돌다가 그 사이 아이를 하나 더 낳았고 복직 후에는 여지없이 신입 업무가 맡겨졌다. 출산 후 돌아올 때마다 나보다 뒤로 들어온 사람들이 승진해 있었다. 그러다가 그다음 해 1월 부서에 대대적인 업무 변동이 있었다. A가 여러 명과 같이 일하는 부서로 이동했다. 물론 책임급이라 부르는 관리자 자격으로.

A에 대해 말이 들려온 것도 그 무렵이다. 같이 일하는 사람들이 자꾸 힘들다는 이야기를 하고, 표정이 좋지 않았다. 그래도 크게 신경 쓰지 않았던 것은 A의 평소 이미지나 말투가 너무나 사람 좋아보였기 때문이다.

오히려 A에 대해 나쁘게 이야기하는 사람은 지적을 잘하는 B였다. 같이 듣던 다른 이들도 아마 B 때문에 A가 힘들 거라고 단정 지었다. 구체적으로 무엇 때문에 힘든지 자세히 이야기를 들을 정도로 친한 사람들이 없었고 그 부서 일에 관심도 없었다. 내가 배치받기 전까지는.

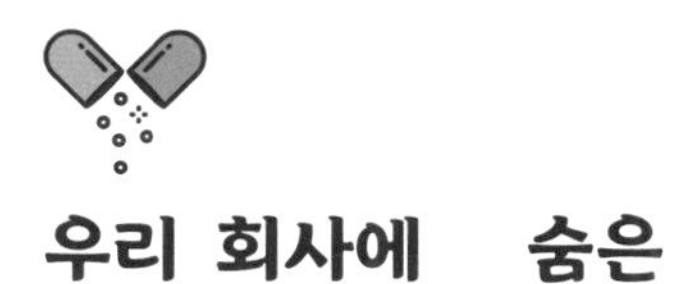

우리 회사에 숨은 진상이 있다 2

다시 한 번 업무상 큰 변동이 생겼다. 드디어 A와 함께 일하게 되었다. 이 부서에 일하는 사람은 A와 나, 그리고 다른 두 명으로 이들은 연차는 적지만 A와 일을 조금씩 해본 사람들이었다.

첫날부터 문제가 터졌다. A를 제외한 우리 셋이 일하기에는 업무량이 너무 많았다. 도저히 감당이 되지 않아서 A에게 조금만 도와달라고 요청했다. 그런데 자신은 다른 중요한 일이 있다면서 단 5분도 도와주지 않았다. 우리가 하는 일은 몸을 움직이며 하는 업무라서 한 사람이 잠깐 도와줘도 큰 힘이 된다. 하지만 그녀는 우리의 분주함을 보면서도 지금 자기 일이 너무 바쁘다며 움직이지 않았다. 머릿속이 하얘졌다. 여태까지 품고 있던 머릿속 A의 이미지와 너무 달랐다.

폭풍 같던 시간이 지나고 드디어 점심시간이 되었다. 다른 동료에게 원래 A의 업무 방식이 저러냐고 물어보니, 자기 할 일은 열심히 하지만 부서의 실무는 거의 신경을 안 쓴다고 했다. 즉 부서장이 시킨 관리자 일은 집중하지만, 지금 당장 약이 나가야 하는 실무는 실무자들이 알아서 하라는 식이라는 거였다. 일하는 공간이 분리된 것도 아니고, 바로 코앞에서 다른 이들의 어려움을 모르는 척한다는 것에 놀라웠다. 더 심한 것은 부서원들과 다 같이 공유하고 의견을 조율해야 하는 일은, 어김없이 부서장을 찾아가서 둘이서 결정하고 와서 우리에게 통보하는 식이었다.

지금껏 A에 대해 불만을 이야기하던 B에게 미안했다. 시시콜콜 이야기하면 입 아픈, 너무나 많은 소소한 것들이 부딪혔다. 심지어 실무에 쓰는 물건을 주문하는 일도 자기 일인데, 주문하는 것을 잊어버려 실무자가 일할 때 애를 먹기도 했다. 그러다 보니 A를 제외한 우리 셋은 계속 불편사항의 시정을 요청하기 바빴다.

"우리 ○○ 필요한데 이것만 부탁드릴게요."

"○○ 없어요. 언제까지 올까요?"

그녀의 책상은 늘 서류로 어지러웠다. 일이 많아보이긴 했지만 적어도 우리에게 어떤 일로 바쁘고 왜 도울 수 없는지 설명이라도 해주면 이해했을 텐데, 말도 없고 공유도 안 되니 팀원으로서는 늘 답답한 일 투성이였다. 그날도 다른 동료들과 실무에 필요한 물건이 언제 올 수 있는지 확인하고 있었다. 그런데 A가 세상 사납게 소리를 질렀다.

"저 너무 힘들고 정말 바빠요. 온종일 일한다고요. 왜 맨날 저한테 요구만 해요? 알아서 좀 하세요."

결국, 나도 한마디 할 수밖에 없었다.

"온종일 책상에서 일하는 것도 중요하겠지만 지금 당장 닥친 일도 중요하지 않나요? 실무자들도 생각 좀 해주세요. 일은 돌아가게 하고 관리 업무를 하셔야죠."

사실 A가 계속 혼자 일하는 업무를 했기에 아무도 몰랐다. 상사에게는 좋은 직원, 훌륭한 책임자임이 분명하다. 또 혼자서 하는 일에서는 탁월한 성과도 냈다. 하지만 여러 명이 같이 하는 업무에서는 업무에 대한 공유나 협의가 필요한데 마치 팀원들을 무시하는 것처럼 팀원과의 소통과 공유는 없었다. 어떤 일도 팀원들과는 상의 없이 바로 통보하는 식이니 모두 불만이 쌓일 수밖에.

다른 사람을 통해 들으니 A도 우리에게 불만이 쌓였다고 했다. 한 번이라도 다 같이 이야기를 하고 무엇이 문제인지 의견을 나누는 시간이 우리 모두에게 필요했다.

지금은 소통의 시대, 더는 위에서 아래로 명령하면 무조건 따라야 하는 시대는 지났다. 상대의 어려움에 공감하고 소통하려는 시도, 같이 일하는 사람들과 무엇이 더 나은 방향인지 조금이라도 대화하려는 노력이 필요하다.

지금 웃고 있는가?
당신 주위를 둘러봐라. 그분이 숨어있을 수도 있다.

인생약사의 올바른 약정보

숨은 진상, 나에게 부족한 영양소 찾기

영양제 고르는 법

정말 좋아보이는 사람, 악의 따위 없어보이는 사람도 알고 보면 나에게는 숨은 진상일 수 있다. 영양제도 마찬가지다. 남들이 좋다니까, 텔레비전에서 광고하니까, 옆집 엄마가 먹으니까. 돈 주고 샀으니 먹긴 먹는데, 효과는 잘 모르겠고… 그런데 내가 이걸 왜 샀더라?

우리 몸에 필요한 영양소는 음식으로 섭취하는 것이 맞다. 하지만 실제 몸에 필요한 최적 섭취량의 비타민이나 미네랄 보충을 식사로만 해결하려면 지나치게 많은 음식을 먹어야 한다. 음식으로 섭취하지 못한 영양소의 부족분을 채우기 위해 영양제를 먹는다. 영양제를 먹어야겠다고 결심했다는 것은 분명 몸에서 신호를 보냈기 때문이다. 물론 몸이 신호를 보내기 전에 알아서 미리 잘 챙겨 먹는다면 더 금상첨화다.

회사에서 일 때문에 억울한데 몸까지 아프면 더 서럽다. 내 몸의 갑력(!)을 키우는 좋은 방법, 나에게 맞는 영양제를 고르는 것이다.

지금 내 상태부터 파악하자

기본적으로 성별, 나이, 활동 정도 등에 따라서 필요한 칼로리나 영양소가 다르다. 또 운동을 많이 하는 사람, 술을 자주 마시는 사람, 컴퓨터를 많이 사용하는 사람, 야근을 많이 하는 사람 등 각자의 생활습관에 따라서도 필요한 영양제가 다르다.

내 건강, 내 몸을 위한 영양제도 투자의 일종이다. 내 몸에 얼마나 투자할 수 있는지 적정 금액을 정해보자. 누군가는 당장 먹고살기 힘든데 비싼 영양제까지 챙기는 건 사치라고 생각될 수 있다. 나는 지금 현실적으로 어떤 상태인가? 귀찮아서 밥도 안 챙겨 먹고 운동도 안 하면서 영양제 한 알이 나를 구원해주리라 믿는 건 아닌가?

정보로 위장된 광고를 주의하자

세상은 이 모든 물건이 내게 필요하다고 말한다. 온라인 쇼핑몰에 칫솔을 사러 들어갔다가 오늘만 특가라는 다른 물건까지 사고 만다. 눈 영양제를 사러 들어갔다가 칼슘제, 혈액순환 개선제까지 장바구니에 담았다면 정말 이것이 나에게 꼭 필요한 영양제였는지 생각해볼 필요가 있다.

인터넷에 떠다니는 수많은 정보, 그중에서 특히 건강 정보는 교묘하게 위장된 광고인 경우가 더 많다. 진짜 내게 필요한 것이 무엇인지 잘 모르겠다면 무턱대고 구입하지 말고 근처 약국이나 병원에서 전문가의 상담을 받아보자. 치료를 받아야 할 몸 상태인데 자의적 판단으로 영양제를 먹는 경우가 있으면 안 된다. 그때는 당연히 진료와 치료가 선행되어야 한다. 나에게 지금 가장 필요한 것이 무엇인지 어떤 것을 보충할지 전문가의 의견을 구하자.

영양제를 처음 먹는다면 한 가지부터 시작하자

나는 기본 영양제라 부를 만한 멀티비타민 미네랄 제품(소위 말하는 종합영양제) 중 고함량 B군이 든 영양제를 복용한 지 4년쯤 되었다. 일도 하고 아이들을 키우며 바쁘게 살다 보니 약사인 나조차도 몸을 챙길 여력이 없었다. 성별과 나이에 따른 권장 섭취량을 충족하는 제품으로 골라 한 가지부터 시작했다. 그런데 그 한 알을 챙겨 먹는 것도 습관이 되지 않아 처음에는 꾸준히 먹기도 쉽지 않았다.

처음부터 많은 종류의 영양제를 시작하지 말자. 약이든 건강기능식품이든 유통기한이 있다. 햇볕이나 습기에 취약한 제품들도 있으니 사서 보물처럼 놔둘 바에는 아예 사지 말자. 영양제 한 가지를 시작해 습관이 되고 적응이 되면, 다른 제품도 추가해서 먹도록 하자.

약효를 고려한다면 의약품 영양제를 선택하자

다 같이 영양제라고 불리지만 앞에서 설명했듯이, 약국에서만 파는 일반의약품과 약국 외에서도 판매 가능한 건강기능식품이 있다. 약이냐 식품이냐의 차이다. 당연히 질병의 치료, 예방을 위해 영양제를 먹는다면 약효가 보장된 일반의약품을 선택해야 한다. 건강기능식품은 말 그대로 식품이기 때문이다.

하지만 일반의약품으로 제품화된 성분이 없는 경우도 많다. 우리가 잘 아는 루테인 제품은 일반의약품이 없다. 이러한 경우는 건강기능식품을 선택한다. 건강기능식품을 약처럼 생각해서 지병이 있는데도 처방받은 약은 먹지 않고 건강기능식품을 챙겨먹는 이들이 종종 있다. 아주 위험한 발상이다. 기본은 건강한 음식과 운동으로 몸 건강을 유지하되, 질병의 치료를 위해서는 약을, 부족한 영양소 보충을 위해서는 영양제를 먹는 것이다.

믿을 만한 회사의 제품을 구입하자

식품회사에 다닐 때 충격적인 장면을 보았다. 설비가 제대로 갖춰져 있는 본사 공장만 출장 가다가, 어느 날 영세 식품업체에 견학을 갔다. 거기서 바닥의 오염이나 작업자들의 복장, 제품을 대하는 태도에 깜짝 놀란 것이다. 작은 업체라도 대표가 철학을 가지고 제대로 된 설비와 위생 관리를 한다면 염려할 일이 없을 것이다. 신용사회라고는 하지만 내 입으로 들어가는 제품이 어떤 환경에서 만들어지는지 알 수 없기에 무턱대고 믿기 힘들다.

기획, 생산, 품질 관리는 물론 보관 시 안정성, 흡수율까지 제대로 고려해 만든 제품을 선택해야 영양제를 먹었을 때 내 몸에서 효과가 나타난다. 믿을 만한 회사의 제품을 구입하자. 나는 일반의약품인 영양제, 건강기능식품도 되도록 제약회사에서 나온 제품을 선호한다.

일 잘하는 사람이 회사에 남지 않는 이유

넘치는 웃음, 화기애애한 분위기, 일할 맛 나는 회사. 나도 처음에는 이런 직장을 원했다. 수많은 회사를 옮겨봤지만 이런 회사를 단 한 번도 만나지 못했다. 잘 웃고 신나는 분위기를 좋아해 동료들과 이런 분위기를 만들면, 어디서든 일은 안 하고 놀고 있다고 여겨 조용히 하라는 지적만 받았다. 멋모르고 들어간 어느 외국계 회사에는 휴게실에 간식거리가 가득해서 너무 행복했는데, 일이 바빠서 정작 이용할 시간이 없었기에 그림의 떡이었다. '구글' 같은 회사가 꿈의 직장이라 불리는 이유는 아마 자유롭게 토론하고 열려있는 사고가 가능한 곳이기 때문이리라.

그래, 우리나라에서 그것까지는 바라지 않겠다. 그렇지만 노력이 있으면 적절히 보상해주는 것. 그게 그리 큰 욕심인가? 신기하게도 어느 직장이든 일을 잘해서 빨리 끝낸 후 앉아있는 모습을 논다고 생각하더라. 또 '너 참 능력 좋구나. 자, 여기 일~ 더 해' 하고 일을 더 주더라.

어떤 곳은 급여체계가 연봉제가 아닌 호봉제였다. 호봉제는 연차가 쌓이면 매년 한 호봉씩 오르는 곳이다. 매해 호봉이 오르니, 직원이 30년 넘게 근속했다고 해도 일을 잘하는 것은 아니었다. 7, 8년을 매해 같은 일을 했던 직원이 계속 실수를 해서 다른 10명이 그 한 명의 일을 나눠서 한 적도 있다.

한 번은 부서장의 지명으로 내가 프로젝트를 기획하고 발표했다. 실제로 90% 정도의 일을 혼자 다 했다. 부서 이름으로 나가야 하니 팀원들 이름을 같이 올리라는 지시에 따랐고 감사하게 우수상도 받았다. 그런데 기쁨은 잠시뿐. 전통문화 상품권 30만 원을 부상으로 받았는데, 이건 부서 부상이라서 나에게는 3만 원의 상품권만 주어졌다. 그것도 모자라, 부서장은 상 탄 것이 감사하니 다른 부서에 떡을 돌려야 한다며 나에게 직접 떡을 맞추고 돌리라고 했다. 힘들고 고생스럽게 프로젝트를 잘 마치고, 스스로는 엄청 뿌듯했고 기뻤다. 하지만 칭찬과 보상은 거의 없이 떡집을 알아보러 다니고, 떡을 돌리며 다른 부서에 가서 인사를 하다 보니 내 머릿속에는 이런 생각이 들어찼다. '이 프로

젝트를 왜 열심히 했지? 지난 6개월간 고생했던 나를 위한 보상이 오히려 날 더 힘들게 하네.'

하루는 80건의 일을 나눠서 하는데 일 잘하는 사람은 60건을 하고, 일 못 하는 사람은 20건을 다루게 되었다. 자꾸 이런 일이 되풀이되면 이 모두 스트레스가 된다. 그러니 일 잘하는 사람은 회사에 남지 않는다. 손목이 아프다고 그만둔, 일 잘하던 E는 아직도 손목이 아프단다. 결국, 우리 회사에는 일을 적당히 하는 사람들만 남아있을 뿐이다.

그럼 현재의 나는? 나는 육아에 쓰는 에너지 덕분에 업무에 에너지를 덜 쓰게 되었다. 내 열정과 에너지를 쏟아봤자 보상도 없는 일 대신, 밥 한 끼만 차려줘도 고마워하는 아이들에게 에너지를 쏟는다. 나도 내 일에 적당주의자가 되었다. 열정이 불타는 일은 회사 밖에서 찾기로 했다. 보상과 관계없이 그 일을 즐기는 사람이 성공한다고 한다. 사실 우리 일이 보상이 있는 직종이 아니니 보상까지는 바라지도 않는다. 내 일로 회사에서 성공해봤자 나는 갑·을·병 중 병 그 이상도 이하도 아니었다.

그러니 그 회사가 보상을 안 해줘 섭섭하고 떠나고 싶은 당신이라면, 회사 말고 다른 곳을 바라보자. 내 열정을 왜 꼭 여기, 회사라는 곳에 쏟아부어 스스로를 아프게 하는가.

(다른 일에) '열정적인 적당주의자!'

당신을 응원한다.

쩌리가 말하는, 보스에게 사랑받는 법

⁙

쩌리 : 중심이 되지 못하고 주변을 맴도는, 비중이 적고 보잘것 없는 사람을 속되게 이르는 말.
_국립국어원 우리말샘

지금의 회사와 이전 회사 통틀어 18년의 직장생활 중 아이 낳고 쓴 출산 휴가, 육아 휴직 등을 빼고 대략 15년 동안 윗사람이라 부를 책임 있는 중간관리자 자리를 딱 한 번 경험했다. 내가 자리 운이 지지리 없었다는 걸 주변에서 다들 잘 안다. 그래서 새로 자리가 비어 적임자를 물색할 시기가 오면 다들 이번에는 나라며 추켜세우다가 다른 사람이 그 자리에 가게 되면 자기 일도 아닌데 나에게 몹시 미안해했다. 첫 직장은 2년만 다녔으니 그럴 수 있다. 그 후 여러 직장을 전전할 때는 당연히 떠돌이였으니 나라도 책임 있는 자리는 주지 않았을 것이다.

그러다 한 직장에서 마침 승진 대상이 되었다. 내가 맡을 자리라는 확신도 있었다. 그런데 부서장이 다른 지점에 있는 S가 나보다 1년 먼저 들어왔는데 조만간 우리 지점으로 온다고 전했다. 당연히 그 자리는 다시 이곳에서 일할 S의 자리라고 넌지시 말했다.

"그런고로 S가 그 자리에 갈 거야. 염 약사 문제없지?"

"그래도 여기서 오래 근무한 건 저 아닌가요? 다시 돌아오는 사람보다는 제가 이 업무는 더 잘 압니다."

부서 회의시간이었다. 다들 내 말을 듣고 고개를 끄덕거렸다. 하지만 그때는 몰랐다. 부서장이 은근슬쩍 묻는 척했지만 사실 그냥 통보였음을. 애초에 내 의견을 구하는 것이 아니었다. 나는 참 바보 같았다. 며칠 후 혼자 일을 하는 공간에 부서장이 문을 열고 들어왔다.

"어디서 다들 있는 자리에서 나한테 딴지를 거냐? 내가 말하면 들어야지."

이제 꽤 오래돼서 저 말밖에 기억이 안 나지만, 마음에 상처가 되는 여러 폭언을 같이 퍼부었다. 그 말들이 비수처럼 마음속에 콕콕 박혔다. 부서장이 나간 후, 너무 많이 울어서 눈이 퉁퉁 부은 채 마저 일했던 기억이 난다.

다음에 옮긴 회사에서도 꽤 오래 근무를 했다. 출산과 육아를 두 번 경험하고 돌아온 나에게 책임 자리는 역시 남의 떡이었다. 물론 딱 한 번 책임급의 일을 1년간 했었다. 알고 보니 그 파트에 다섯 명이 관두고 난리도 아닌 시절이라 누구도 그 자리에 가려고 하지 않았다. 육아 휴직 후 복직하면서 그 자리로 배치되었고 나는 뭣도 모르고 그 일을 맡았다. 어려운 시기가 지나고 일이 안정화되자, 나는 그 자리에서 나와 다시 일반 평약사의 업무를 배치 받았다. 그때 큰아이와 둘째가 직장 어린이집을 다니고 있었기에 이를 악물고 버텼다. '아이들 졸업할 때까지만 남을 거야'라고 다짐하면서 말이다. 그 순간이 지나자 꽤 오래 쩌리로 남아버렸다. 그리고 어느 순간 깨달았다. 나처럼 하면 보스의 사랑 따위 결코 받을 수 없다는 사실을. 즉 내가 한 것과 반대로 하면, 당신은 보스의 사랑을 얻을 것이다!

첫째, 팀원들을 너무 배려했다. 그들의 어려움을 막아주려고 팀원과 보스 중간에서 애를 썼다. 팀원 편을 더 들면서 가끔 보스의 심기도 거슬렀다. 그들 생각하지 말고 내 할 일만 하라는데 도저히 무시가 되지 않아 나는 팀원들을 더 옹호했다. 그 뒤 관리자급 일은 다시 주어지지 않았다. 대신 지금도 부서 막내들에게는 인기인이 되었다.

둘째, 보고를 너무 안 했다. 중간중간 계속 보고를 했지만 사소한 것은 내 선에서 막았다. 보스를 피곤하게 할 것 같았다. 하지만 사랑받는 그들은 진짜 작은 것도 보고했다. 그래서 그들은 남들보다 일을 더 많이 하는 것처럼 보였다. 나는 혼자 처리해놓고 혼자 쉬고 있으니 일을 참 안 하는 사람으로 보일 만했다.

셋째, 일을 쓸데없이 열심히 했다. 안 되면 되게 하려고 애썼고 그러다 보니 못한다는 말을 하기보다는 묵묵히 일만 했다. '힘들다' '못 하겠다'라고 하는 사람들은 다 그 일을 빼주더라. 그냥 힘들다고 말하면 되는 거였다. 그걸 어떻게든 하겠다고 몸부림치며 내 속만 상했다.

넷째, 상사든 아래 후배든 항상 같은 톤으로 말을 했다. 하지만 사랑받는 그들은 말투가 친절했다. 단, 윗사람에게만! 보스에게 하는 말투와 팀원에게 하는 말투가 달랐다. 그래서 보스는 늘 그들을 더 신뢰했다.

다섯째, 너무 명랑했다. 내가 무슨 캔디라도 되는 양 '외로워도 슬퍼도, 나는 안 울어' 모드로 일이 힘들지언정 표정은 명랑하고 가볍게 다녔다. 그때 세상 무겁고 골치 아픈 듯한 표정을 지었어야 했다. 진지한 사람이 일을 잘한다고 생각하는 부서장 앞에서 나는 한없이 가벼워 보였다. 진지하게 앉아서 세상 힘든 표정으로 하루에 1, 2개씩 일을 처리하면 일을 되게 잘하는 것처럼 보인다. 나는 웃으면서 일 5개를 순식간에 처리했더니 일은 안 하고 노는 사람처럼 인식됐다.

물론 이것은 주관적인 견해다. 난 지금도 쩌리니까 아직은 쩌리의 입장만 알 뿐이다. 일 잘하고 조직에서 인정받는 사람들은 진짜 다르겠지만 나는 그 세계는 모른다.

오늘도 성격 좋고 잘 웃고, 후배와 친하게 다니는
나는 쩌리 짱이다!

인생약사의 올바른 약정보

사랑이란 과해도 부족해도 안 됩니다

영양제의 적정량이란?

사람 일은 알다가도 모른다. 고등학교 시절 약학대학 입시 1지망에 떨어져 2지망이었던 식품영양학과에 갔다. 졸업 후 회사를 다니다가 편입해서 결국 약사가 되었다. 아이러니한 일은 약사로 일하다 보니 건강을 챙기기 위해 약도 중요하지만, 생활습관을 교정하거나 식품 보충도 중요하다는 것을 깨달아 다시 식품영양학에 관심을 갖게 되었다는 것이다. 그 당시에는 쓸모없고 시간만 낭비했다고 느낄 때가 있는데 살다 보면 버릴 경험은 하나도 없다.

사랑이 과하면 집착이 되어 독이 될 수 있고, 사랑이 부족하면 결핍을 느낀다. 눈에 보이지 않는 사랑도 이런데 영양제는 어떨까? 영양제는 얼만큼 먹어야 할까? 이 질문에 답하려면 권장 섭취량과 최적 섭취량이라는 용어를 알 필요가 있다. 한국영양학회와 보건복지부에서 발간한 〈2020 한국인 영양소 섭취기준〉 표를 보려면 몇 가지 용어를 이해해야 한다.

〈2020 한국인 영양소 섭취기준〉 다운로드

평균 필요량

건강한 사람들의 일일 영양소 필요량의 중앙값으로부터 산출한 수치다.

권장 섭취량

인구집단의 약 97~98%에 해당하는 사람들의 영양소 필요량을 충족시키는 섭취 수준으로, 평균 필요량에 표준편차 또는 변이계수의 2배를 더하여 산출한다.

상한 섭취량

인체에 유해한 영향이 나타나지 않는 최대 영양소 섭취수준이므로, 과량을 섭취할 때 유해 영향이 나타날 수 있다는 과학적 근거가 있을 때 설정할 수 있다.

우리가 보통 들어본 것은 권장 섭취량(Recommended Dietary Allowances : RDA)이며 결핍증이 생기는 것을 막는 최소량이라 생각하면 된다. 이 개념은 국가나 지역사회 인구집단의 영양 상태를 평가하거나 식품영양 정책을 수립할 때, 영양교육 프로그램을 개발할 때 등에 지침으로 사용한다.

한편 한국인 영양소 섭취기준에는 나오지 않지만 '최적량'이라는 개념이 하나 더 있다. 최적 섭취량(Optimum Daily Intake : ODI)은 정부나 권위 있는 기관에서 지정한 것은 아니지만 부작용은 없고 효과가 많이 나타나는 양이라 보면 된다. 건강증진을 위해 편의적으로 권장하는 양이며 전문가마다 수치가 달라 범위로 표현된다.

▶ 영양소별 권장 섭취량과 최적 섭취량

영양소	권장 섭취량	최적 섭취량
비타민B1(티아민)	1.1-1.2mg	50-100mg
비타민B2(리보플라빈)	1.2-1.5mg	15-50mg
비타민B3(니아신)	14-16mg	15-50mg
비타민B5(판토텐산)	5mg	50-100mg
비타민B6(피리독신)	1.4-1.5mg	50-100mg
비타민B7(비오틴)	30mcg	400-800mcg
비타민B12(사이아노코발라민)	2.4mcg	200-400mcg
비타민C(아스코르브산)	100mg	1000-3000mg
비타민A(레티놀)	2000-2600IU	5000-10000IU
비타민D(콜레칼시페롤)		1000-2000IU
아연(Zn)	8-10mg	30-50mg
마그네슘(Mg)	280-370mg	750-1000mg
칼슘(Ca)	700-800mg	1500-2000mg

· 권장 섭취량 : 2020 한국인 영양소 섭취기준, 한국영양학회 참고(19-64세 성인 기준)
· 최적 섭취량 : Prescription for Nutritional Healing 3rd Edition by Phyllis Balch, James Balch 2000 참고(성인 기준), 비타민D는 권장 섭취량 없음.
· 1g=1000mg=1mcg=1μg 비타민 A 0.3μg RAE=1IU 비타민D 1000IU=25mcg

도표에서 보듯 비타민B1은 권장 섭취량이 1.1–1.2mg인데 반해 최적 섭취량은

50-100mg이며 상한 섭취량은 없다. 비타민C 권장 섭취량은 100mg이지만 메가 도즈 용법으로 6000mg을 먹는 것도 최적 섭취량에 대한 전문가 의견에 차이가 있기 때문이다.

모든 영양소의 최적 섭취량은 권장 섭취량에 비례하지 않는다. 비타민B군이나 비타민C 등 비타민류의 최적 섭취량은 권장 섭취량보다 차이가 매우 크다. 하지만 칼슘, 마그네슘 등 미네랄류는 그 차이가 크지 않다.

미네랄의 경우 대부분 권장량과 상한량의 차이가 크지 않아서 최적량 자체가 큰 의미는 없다. 따라서 우리가 영양제를 보충한다면 필요량이 큰 폭으로 차이 나는 것들을 보충한다는 것을 기본으로 염두에 두어야 한다.

단, 지용성 비타민A, D, E는 너무 많이 섭취할 시 문제가 생길 수 있다. 또한 영양제 섭취 권고량은 건강한 사람들을 대상으로 했으니 기저질환이 있는 경우 반드시 전문가와 상담을 하자.

아르바이트 하다 도망간 나는 추노?

내 첫 아르바이트는 대학교 때 중고등학생을 상대로 한 '과외 아르바이트'였다. 한동안 학교-과외 학생 집-우리 집을 오가는 생활만 했다. 참 재미없게 보낸 대학 생활이었다.

다시 대학생이 되면 재미있게 살 줄 알았다. 하지만 2004년, 멀쩡히 다니던 직장을 나와 다시 다른 과로 편입해 학생이 된 나는 이전보다 더 재미없게 살았다. 약학과 공부는 워낙 방대해서 예전에 하던 학생 과외 아르바이트와 공부를 병행하기 힘들었고, 학기 중에는 공부만 하고 방학 중에만 아르바이트를 했다.

첫해 여름방학, 아동복 가게를 운영하는 사촌오빠 가게에서 아르바이트를 하기로 했다. 예상 근무기간은 일주일. 그런데 첫

날부터 나는 엄마들의 다양한 물음에 대답하는 것이 너무 어려웠다.

"아가씨, 한 치수 큰 건 어느 정도까지 내려와?"

"이거 얘한테 잘 어울릴까?"

"이렇게 생긴 건데 고무줄로 된 바지 있어요?"

어떤 질문에도 제대로 된 대답을 하지 못했다. 거기다가 나는 너무 순진했다. 자기 엄마가 고른 옷을 입었지만 (내 눈에) 안 어울리는 옷을 입은 아이를 보고, "정말 잘 어울린다. 공주 같아"라는 거짓말도 못 했다. 결국 꿔다놓은 보릿자루처럼 매장 한쪽에서 있다가 어영부영 하루가 갔다. 다리도 아프고 정신도 너무 고된 하루를 마치고 집에서 쉬는데, 사촌오빠에게서 전화가 왔다.

"혜진이 내일부터 나오지 말라고 전해주세요, 작은 엄마."

엄마가 사촌오빠 대신 내가 잘렸다는 사실을 통보해주었다. 그걸 듣는 순간, 억울하다는 생각보다는 나도 모르게 안도의 한숨이 나왔다. '휴우 살았다.'

그다음 해 방학 때는 리서치 회사 콜센터 아르바이트를 했다. 내가 회사에 다닐 때 갑의 입장으로 리포트를 받던 곳이라 친숙한 느낌이었다. 하지만 콜센터 아르바이트는 전혀 딴 세계였다. 칸막이가 여러 개 있는 방으로 가더니 전화를 걸라고 했다. 전화 거는 게 두려워서 두 군데만 걸고 바로 끊었는데 컴퓨터 화면에 이런 게 떴다.

“52번 계속 전화하세요.”

순간 누군가가 나를 보고 있다는 생각에 소름이 끼쳤다. 여태 살면서 처음으로, 화장실에 간다고 자리에서 일어나 가방만 들고 그 길로 집으로 도망쳤다.

십여 년 전 도망친 노비를 잡아 오는 추노꾼의 이야기를 다룬 장혁 주연의 드라마 〈추노〉가 인기를 끌었다. 그 후 은어처럼, 직장이든 아르바이트든 힘들어 도망치는 것을 이 드라마에 빗대 ‘추노한다’라고 한단다. 되돌아보니 20대의 나도 이런 추노짓을 한 것이다.

이전 직장에도, 하루 근무 후 나타나지 않는 계약직 직원들이 종종 있었다. 심한 경우 당일 점심시간에 밥을 먹으러 가서 돌아오지 않기도 했다. 약국에 전산 직원으로 왔다가 하루 일하고 안 나온 직원도 있었다. 그 직원이 약국 셔터 열쇠를 가지고 가버려 약국장이 열쇠공을 불러 문을 연 경우도 있었다. 다른 이들이 그들을 비난할 때도 나는 예전의 내가 떠올라 입을 다물었다. 추노 대신 그냥 딱 “도저히 나랑 안 맞아서 못하겠습니다.” 이 한마디면 되는 거였는데, 그때는 마음이 약해서 말보다는 도망이 훨씬 편했다.

지금 그 어딘가에서 '추노'를 고민하고 있는가?

실제 해보면 기분이 좀 더럽다. 거기다 나 스스로를 '못난 인간'으로 비하하게 된다. '못한다' '나가겠다'라고 말해도 욕먹고, 안 해도 욕먹을 것이면 그냥 얘기하고 나오는 것이 낫다. 그 편이 내 자신에게 더 당당하다.

약학대학 졸업 후 들어간 회사에서 2주 만에 나올 일이 생겼다. 채용 공고에도 없던 인천 발령 때문에 출퇴근 4시간을 움직여야 했는데 도저히 다닐 자신이 없었다. 이번에는 도망치지 않고 당당히 말했다.

"저 도저히 못 다니겠는데요."

"아이 씨~ ○○○"

욕은 먹었지만, 마음이 편했다.

내가 무슨 일을 했는지는 내가 제일 잘 안다.

엄마는 어릴 적 꿈이 뭐였어?

이틀 전이었다. 아이들과 잠자리를 정리하고 잘 준비를 하는 중 갑자기 첫째 아이가 나에게 묻는다.

"엄마는 어릴 적 꿈이 뭐였어요?"

나는 망설임 없이 대답했다.

"맨 처음에는 선생님이 되고 싶었지."

기억을 더듬어 다시 돌아간 초등학교 내 담임선생님들은 참 좋은 분들이었다. 좋은 선생님에 대한 사랑은 곧 '선생님'이라는 직업에 대한 동경으로 바뀌었다.

'나도 저 선생님처럼 멋진 어른이 돼야지.'

하지만 그 꿈은 오래가지 않았다. 중학교 2학년 때, 음악 과목 담당이던 담임선생님은 우리 엄마를 자주 학교로 불렀다. 그 당시 공부를 잘한 편이었는데, 상을 받을 때가 되면 담임선생님이 꼭 '엄마 모셔와라~' 하며 나를 불렀다.

그 이유를 잘 몰랐지만 나중에 알고 보니, 지금은 사라진 '촌지 문화' 때문이었다. '촌지'는 은혜를 입었을 때 고마움을 표현하기 위한 마음이 담긴 작은 선물이란 뜻이지만 그 당시는 일종의 뇌물이었다.

어릴 때 엄마는 참 자주 아팠다. 어디가 크게 아팠다기보다는 늘 여기저기 안 좋았다. 내가 기억하는 엄마의 모습은 늘 누워있거나 약을 먹는 모습이라, 선생님이 부른다고 엄마가 학교에 나타나진 않았다. 그날도 전에 치른 시험을 잘 봤고 담임선생님의 부름이 있었지만, 엄마는 역시나 학교에 와보지 않았다. 나는 반 환경미화부였고 그날은 학교 환경미화가 있어서 교실에 남아 주변을 정리하는 중이었다.

너무 오래돼서 확실히 기억은 안 나지만, 담임선생님이 와서 내게 뭐라 말했고 이에 나는 가볍게 대꾸를 했는데 갑자기 내 앞에서 별이 번쩍했다. 선생님이 내 빰을 때린 거다. 순간 아픔과 놀람, 남아있는 반 친구들 대여섯 명 앞에서 맞았다는 사실이 엄청난 충격으로 다가왔다.

흐르는 눈물을 겨우 멈추고 집으로 가서 엄마에게 이유도 모르고 빰을 맞았다는 이야기를 했다. 엄마는 담담히 나를 위로하셨다. 하지만 아마 내가 보지 않는 곳에서 많이 우셨을 거다.

"가봐야 했는데 내 잘못이다."

"아냐, 내가 잘못한 게 있을 거야. 엄마 신경 쓰지 말아요."

다음날의 기억도 잊지 못한다. 엄마가 학교에 나타났다. 하늘거리는 하얀 원피스를 입은 엄마는 여느 때보다 아름다웠다. 그리고 엄마가 다녀가신 다음 날, 담임선생님의 온화한 미소도 떠오른다. 그 미소를 보며 결심했다.

'절대 난 선생님은 안 될 거야.'

내 꿈은 아주 잘게 조각났다. 그 이후의 모든 선생님은 다 좋은 분이었다. 그럼에도 그 기억은 나와 엄마에게 지워지지 않는 상처로 남았다. 기억 속 그분은 여전히 젊고 짙은 화장을 하고 내 앞에 있다. 그 가식적인 미소를 지으며. 나 스스로를 용서하고 나에게 잘못한 사람을 용서하라는데, 아직도 그 기억이 나는 걸 보면 나의 용서 지수는 꽝이다.

생각난 김에 용서 연습을 해보려고 한다. '내 첫 꿈을 깨주셨지만 덕분에 다른 꿈도 꾸며 잘살고 있어요. 그때는 힘들었지만 이제 용서할게요. 이제 내 기억에서 사라져주세요. 잘 살아요.'

두 번째 꿈도 기억났다. 고등학생 시절의 나는 텔레비전을 무척 좋아하는 소녀였다.

"빰빰빰빰 빰빰빰빰 빰~~ 빠라 빰"

이 노래는 드라마 〈맥가이버〉 주제가다! 몸이 들썩거리는가? 이 드라마를 아는 당신은 나와 같은 세대다~ 이 프로그램을 보고 두 번째 꿈이 생겼다. 바로 맥가이버 되기! 드라마 주인공 맥가이버는 어떤 재료를 가지고도 무기를 뚝딱뚝딱 만드는 멋진 사람이었다. 나도 저렇게 어떤 것이든 잘 만드는 사람이 되고 싶었다. 특히 어떤 상황에서도 무기를 만드는 그의 솜씨를 훔치고 싶었다! 나는 맥가이버가 잘 만들어내는 '무기'를 만들기 위해 서울대 '무기재료공학과'에 진학하기로 결심한다.

그런데 선생님께서 '무기재료공학과'의 '무기'는 그 '무기'(weapon)가 아니라고 하셨다. 바로 무기 재료(inorganic material)라고 해서 예전에 요업 공학과라 불린 '세라믹 공학과'가 원래 이름이란다. 알기 쉽게 말하면 세라믹 재료는 유리, 도자기, 시멘트, 광섬유 등이다. 화장실 변기도 세라믹이다.

나는 무척 실망했다. 이렇게 나는 맥가이버도 될 수 없는 것인가! 진실을 알고 나서의 그 서운함이란~

이렇게 두 번째 꿈이 사라진 후 꿈 없이 살았다. 아빠가 원하던 꿈에 맞춰서 약학대학에 지원했다가 보기 좋게 떨어지고, 2지망 학과에 붙어서 학과 공부만 열심히 하며 수석이란 타이틀만 즐겼다. 그런데 신기하게도 누가 시킨 게 아니라 내가 약사가 되고 싶다는 꿈을 꾸고 나니 남들이 어렵다는 편입으로 단번에 붙어서 약대에 들어갔다.

"사람은 생각대로 된다."

당신이 진실로 원한다면 시간이 문제일 뿐 어떻게든 이루어진다. 단, 그 꿈은 자기 것이어야 한다. 남들이 원하거나 바라는 꿈은 자기 꿈이 아니다.

내 꿈을 꾸게 되면 내 인생도 바뀐다.

계약직으로 살아 간다는 것

약학대학 졸업!!! 나도 드디어 돈을 벌 수 있다! 편입 후 3년간 약대 공부를 마치고 나니 얼른 돈을 벌고 싶었다. 마케터로 일했던 첫 직장을 퇴사한 지 5년이 지난 후였다. 인간은 망각의 동물인가? 다시 회사에 들어가고 싶었다.

처음 간 회사는 일본계 제약회사인데 나는 20대 1의 경쟁을 뚫고 학술부 단 한 명의 신입사원이 되었다. 그런데 입사 후 2주일 동안 사내 교육을 하더니 업무 배치받기 하루 전날, 향후 1년은 인천에서 영업직으로 뛰어야 한다고 했다. 면접이나 공고 어디도 없던 조건이었다. 계약직 영업사원으로 뛰다가 능력을 보고 학술부로 옮길 수 있다고 했다. 인천까지 다니기에는 왕복 4

시간의 압박이 내 앞길을 막았다. 결국 퇴사 후 한 달을 강제적으로 쉬다가 다른 회사에 들어갔다.

두 번째 회사는 미국계 제약회사로 CRA(clinical research associate)라는 임상시험과 관련된 업종의 임상시험 담당이 주 업무였다. 임상시험은 몇 단계로 나뉘는데 나는 임상 3상 시험을 위한 프로토콜 작성과 임상시험 개발계획 수립에 참여했고 PMS(post market surveillance) 4상 업무라는, 즉 시판되고 있는 약에 대한 임상 업무를 다른 위탁업체와 연계하여 진행하는 업무도 도맡았다.

외국계 회사만의 자유로움, 예를 들면 출근 시간을 선택할 수 있고 영어 학원비, 자기계발비를 지원해주고 휴게실에는 항상 간식이 구비돼 있는 문화는 정말 멋졌다.

하지만 아무리 유망직종이라지만 자기에게 안 맞는 일은 어려운 법, 사무실에 앉아 글씨 하나가 틀려도 계속 수정하고 엄청 꼼꼼하게 서류 하나하나를 살피는 게 적성에 맞지 않았다. 나는 편입 전 식품회사 마케터로 근무했다. 그 시절 시장조사를 핑계로 외근하고, 제품 홍보와 판매전략을 수립하던 것이 이 일에 비하면 더 나아보였다. 나는 정규직과 비정규직을 가리지 않고 하고 싶은 일은 일단 해보았는데, 이 일은 내가 해본 비정규직 중 가장 생소한 '파견 계약직'이었다.

소속은 A 회사이고, 나는 외국계 회사 B에 파견 계약 형태로 들어가 일을 하는 시스템이다. 일은 똑같이 하지만 급여는 A 회사에서 나오며, 내가 들어간 외국계 회사 B는 이메일에도 non_B@B.com 이런 식으로 확실히 자기 회사 사람이 아님을 강조했다.

일은 과도하게 많았고 매일 영어로 하는 회의가 있었다. 영어를 못해 스트레스를 받는 와중에도 '이 회사 직원도 아닌데 왜 이렇게 일을 해야 하지?'라며 의미를 찾지 못했다. 그렇게 4개월 만에 나왔다. '나는 정말 열심히 하려고 하는데 직장에서 파견 계약이라고 날 차별해~' 이런 식으로 자기 합리화하며 말이다. 해보고 싶은 일이 있으면 계약직이든 파견 계약직이든 마다하지 않았지만, 막상 들어가면 '계약직이라고 이렇게 차별하나?' 하는 억한 마음이 생겼다.

지금 직장은 계약직과 정규직 차이 없이 일도 비슷하고 월급도 크게 차이 나지 않는다. 하지만 정직원의 자녀만 어린이집을 이용할 수 있고, 퇴직 연금 등을 넣을 수 있는 단체 가입에 제한이 있다. 아직도 계약직이라는 이름 앞에 '당신들은 여기까지만'이라는 빨간 줄이 있다.

늘 정규직으로 일하던 언니가 다른 곳으로 이직하면서 처음으로 계약직이 되었다. 같이 들어간 4명 중 3명은 2년 후 정규직이 되었고 딱 한 명, 언니만 계약 종료로 퇴사했다. 한번 계약직으로 빠지니 이후 정규직 자리는 가기가 더 어려워졌다.

언니의 계약 종료 이유는 간단했다. 술자리에서 언니는 상사의 심기를 건드렸다고 했다. 살짝 어깨를 두르며 추태를 부리는 상사를 밀쳤는데 취한 척하던 상사는 그날, “너 두고 보자. 내가 너는 정규직 절대 안 되게 막을 거야”라고 했단다. 그리고 황당하게도 그 말이 이루어졌다.

해보고 싶은 일은 계약직이라도 해보기를 추천한다. 하지만 계약직이라고 너무나 쉽게 사람을 자르거나 제약을 두는 문화에는 소속되지 않기를 바란다. 그런 문화는 당연히 없어져야 한다. 지금 세대의 장래희망이 공무원이라는 것도 평생 잘릴 일 없이, 퇴사 때까지 정년을 보장받고 싶어서일 테다. 회사에서 파견계약직이 병, 계약직이 을, 정규직이 갑인 세상이라면 계급 세상이나 다름없다. 계약직이든 정규직이든 제대로 일하고 제대로 평가받는 사회에서 일할 수 있기를.

인생약사의 올바른 약정보

스트레스 없이 살고 싶다!

스트레스 해소에 도움되는 영양제

대학교 4학년 때 갑자기 온몸에 가려움증과 함께 두드러기가 생겼다. 병원 진료를 보니 스트레스 때문일 거라고 했다. 그러곤 '항히스타민제'라고 가려울 때 먹는 약을 처방해줬다. 그 약을 계속 먹는 것 말고 할 수 있는 일이 없었다. 학년 말, 대학원에 간다고 진로를 결정했을 때 두드러기는 사라졌다. 진짜 스트레스 때문이었는지, 나을 때가 돼서 나았는지, 항히스타민제가 잘 들은 것인지 아직도 알 수 없다. 분명한 것은 스트레스가 내 몸에 큰 영향을 미친다는 것이다. 현대 의학에서 원인이 밝혀지지 않은 모든 질병은 스트레스가 원인이라고 규정 짓는다. 하지만 학교든 직장이든 육아든 사회생활이란 매순간 스트레스의 연속이다. 스트레스 해소에 도움이 되는 영양제를 정리해본다.

비타민C

스트레스 호르몬이라고 부르는 것이 **코르티솔**이다. 이 호르몬은 부신피질에서 분비되고 스트레스 상황에 혈중으로 분비되어 혈중 포도당 농도를 높인다. 또 부신수질에서는 **아드레날린**이 분비되어 심장 박동을 높이고 혈압도 상승시킨다.

이러한 과정을 통해 스트레스를 이겨낼 에너지가 되는 포도당과 산소를 얻는다. 즉 스트레스와 관계된 호르몬인 코르티솔, 아드레날린 모두 부신에서 생성되기에 부신의 기능이 중요하다. 이때 비타민C가 부신에서 이 호르몬들의 생성을 돕는다. 스트레스를 많이 받는 사람들은 비타민C를 챙겨 먹는 것이 좋다.

나는 이왕재 교수가 쓴 『비타민C 이야기』(라온누리)를 통해 비타민C **메가 도즈 용법**에 관심을 두게 되었다. 이왕재 교수는 하루는 6g 이상의 비타민C를 권장한다. 현재 2020 한국인 영양 권장량에 따르면 19세 이상의 성인 권장량은 100mg/day이고 상한 섭취량은 2000mg(2g)/day이다. 그런데 이왕재 교수가 상한 섭취량을 넘는 비타민C를 권하는 이유는 최적 섭취량이란 개념 때문이다.

권장 섭취량은 결핍증이 생기지 않는 최소량이다. 상한량은 속쓰림 등 영양제의 부작용이 나타날 수도 있는 양이다. 최적 섭취량은 부작용을 감안하고도 최적의 건강을 유지하기 위해 개인별로 필요한 양을 의미한다.

앞서 설명했지만 이 최적 섭취량은 개인별로 달라 범위로 나타낸다. 비타민C는 수용성 비타민이기 때문에 최소 6시간 이상이 되면 몸 밖으로 배출된다. 메가도즈 용법은 이런 의미에서 하루 3번의 섭취를 권장한다. 실제 나는 하루 2~4g의 비타민C를 복용하고 있다. 각자의 상황이나 몸 상태에 따라 스트레스 시 적절한 증감이 필요하다. 비타민C를 먹고 위장 장애가 나타나고 속이 쓰리다면 식사하며 같이 먹거나 식사 직후 복용하는 것을 추천한다.

마그네슘

마그네슘은 생각보다 덜 알려졌지만 세포 안 다양한 화학반응에서 중요한 역할을 한다. 변비가 생겼을 때 하제, 제산제 역할, 근육의 수축 및 이완, 두통 및 근육통 완화, 눈 떨림 완화, 거기다가 우울, 불면증에도 효과가 있다. 스트레스를 받으면 마그네슘이 떨어지고 근육도 굳는다. 목 뒤 근육이 뻣뻣해지면서 어깨도 무거워 근육통이 오고 심하면 두통까지 생긴다. 마그네슘 섭취를 통해 스트레스를 날려보자.

오메가3 지방산

스트레스를 많이 받으면 코르티솔 수치가 올라간다고 앞서 말했다. 이동환 의사가 쓴 『이기는 몸』(쌤앤파커스)에는 스트레스가 높은 직업군의 사람들에게 오메가3 지방산이 풍부한 음식을 제공한 후 코르티솔 수치가 감소했다는 내용이 나온다.

오메가3 지방산은 불포화지방산이다. 신경 세포막을 구성하는 데 사용되며 신경안정에 도움을 준다. 오메가3 지방산은 그밖에도 혈중 중성 지질 개선, 혈행 개선, 기억력 개선, 안구건조증 개선, 염증 개선, 혈전 예방 등 다양한 역할을 하고 있다. 평소 등푸른생선을 많이 먹지 않는다면 제품으로 된 오메가3 지방산을 추천한다.

아연

스트레스 때문에 배가 아픈 적이 있는가? 나는 시험기간만 되면 배가 아파서 화장실을 자주 들락거렸다. 또 약국에 다닐 때는 불규칙한 식사시간과 스트레스로 자주 배가 아팠다.

스트레스 호르몬은 교감 신경을 흥분시키지만, 위장 운동 같은 부교감 신경은 억제한다고 한다. 위장 운동이 억제되고, 위점막 보호도 약화되면 소화불량이나 위염에 걸리기 쉽다.

아연은 면역기능이나 염증 반응에 효과적이며 스트레스에도 효과가 좋다.

한국인 영양 권장량 상한선은 19세 이상 성인 기준 35mg/day이지만 스트레스 시 30-50mg/day를 권장한다. 이때 한번에 과량 섭취 시 위장 장애가 나타날 수 있어 2-3회 분할 복용이 필요하다.

비타민B군

비타민B군이란 비타민B1(티아민), 비타민B2(리보플라빈), 비타민B3(니아신), 판토텐산, 비타민B6(피리독신), 비오틴, 비타민B12(사이아노코발라민), 엽산을 일컫는데 모두 수용성 비타민이다.

미토콘드리아라고 불리는 기관은 우리 몸에서 에너지원으로 쓰이는 ATP를 만드는 기관이다. 피로란 미토콘드리아가 제 기능을 못해 에너지를 만들어내지 못하는 상태다. 이 ATP를 생산하는 에너지 대사에서 중요한 것이 바로 비타민B군이다. 탄수화물 대사에는 비타민B1, 단백질 대사에는 비타민B6, 지방 대사에는 비타민B2가 반드시 필요하다.

그런데 이 비타민B군은 어느 하나만으로 효과를 보기 힘들기 때문에 복합된 제품으로 섭취해야 한다. 시중에 나와있는 다양한 고함량 비타민B군 복합 영양제는 이런 점에서 피로나 스트레스에 도움이 된다.

직장인에게 회식의 의미

지금은 코로나 덕분에 많이 사라졌지만 '회사생활 = 회식'이라고 할 만큼 회식을 많이 하던 시절이 있었다.

첫 직장에서 했던 첫 회식은 명목상 나를 환영하는 신입직원 환영회. 말은 신입직원 환영회라면서 주인공이라는 나는 고깃집 한구석에 찌그러져 있었다. 자기들끼리 부어라 마셔라 하면서 나에게 한마디씩 회사생활이 어쩌고 저쩌고 많은 말을 해주었던 것 같은데 하나도 기억 안 난다. 나를 축하해주려고 모인 게 아니라 그냥 술을 마실 핑계가 필요했던 것 같다. 체질상 술을 잘 마시지도 못하는데 끊임없이 이어지는 회식 때문에 회사생활 내내 힘들었다. 회식의 끝은 결국 속이 안 좋아 내 안의 것을 확인하고 나서야 몸이 안 좋다는 핑계를 대고 나오는 것이었다. 다음 날 출근하면서 길거리 전봇대 앞에 내가 남긴 흔적을 보며 청소하시는 분께 너무나 죄송했다. 또 전날의 내가 얼마나 힘들었는지 기억이 떠올랐다.

그런데 시간이 지날수록 은근히 회식을 즐기게 되었다. 내가 술을 못 마시는 것 하나 빼고는 아저씨들의 일상을 관찰하는 게 꽤 재미있었기 때문이다. A 대리는 평소에 말수가 별로 없는데 술만 들어가면 말이 많아졌다. 은근히 재미있는 스타일인데 그의 말발은 술이 들어가야 드러나곤 했다. 물론 다음날은 여지없이 조용 모드. 어제 그분과 같은 분 맞습니까? B 과장은 술을 먹으면 귀여워졌다. 아니 그렇게 귀여운 분이 일할 때는 점잖은 척하느라 얼마나 힘드셨을지. C 부서장은 술자리에서 보이는 모습과 일상이 거의 똑같았다. 그렇게 몸속에 알코올을 퍼붓는데도 다음날 쌩쌩해 보였다. C 부서장을 통해 자기 관리를 잘하는 사람이 승진을 거듭한다는 사실을 깨달았다. D 대리는 노래방만 가면 가수 뺨치게 노래를 불렀다. 아마 회식이 아니라면 그가 그렇게 노래를 잘 부르는지 몰랐겠지.

또 회식하면 안 먹어 보던 신기한 음식들을 먹어볼 수 있었다. 한우도 마음껏 먹고, 처음 들어본 특수부위도 먹어봤다. 회삿돈으로 먹는 밥은 거의 모두 맛있었다.

한편으로는 나이 든 어른들은 참 놀거리가 없다는 생각도 했다. 다들 판만 깔아주면 잘 놀 수 있는데 판이 없어서 회식에서나마 자신의 본성을 드러내는 듯했다.

2년을 다녔던 첫 직장은 신기하게 내가 어떤 일을 했는지보다 회식만 기억난다. 그렇게 다녔던 회사를 나와 다시 약대에 가고 병원에 들어가 회식하러 가니 세상에나! 이렇게 회식이 재미없을 수도 있다는 걸 처음 깨달았다. 약대에도 잘 놀던 사람이 많았을 텐데, 약사들 회식은 밥 먹고 교장 선생님 훈시 같은 부서장 말씀을 듣고 나면 끝! 그나마 기분 좋은 일이 있으면 맥주 한 잔 하는 게 다였다. 거기다 병원에서 일하는 약사가 대부분 여자니 회식도 중식 코스나 스파게티를 주로 먹는다. 회식 아니라도 여자들끼리 그런 곳은 많이 갈 수 있는데 말이다.

회식을 통해 동료의 다른 모습을 보는 건 이제 옛날 말이다. 직장을 다니면서 친목 도모 혹은 의기투합의 장이었던 회식은 이제 그냥 같이 밥 먹는 시간이 되었다. 물론 이마저도 이제는 지나간 이야기다. 코로나 집합 금지 조치 이후로는 다같이 밥 먹는 일도 없다.

그냥 회식이 아니어도 같이 모여 밥도 먹고 서로를 마주 보았던 시간이 그립다. 코로나19로 별것 아니었던 것들이 별것이 되었다. 코로나19가 종식된 언젠가 '그때는 그랬지'라며 코로나19를 안주 삼아 마구 씹어주리라.

IT 최강국에서 인터넷 안 되는 회사

세계 인터넷 보급률이 2021년 1분기에 65.6%, 우리나라 인터넷 보급률은 96%라는 기사를 보았다. 예전부터 뭐든 '빨리, 빨리'를 외치는 우리나라 사람들은 인터넷도 순식간에 보급시켰고 이제는 각 가정은 물론 회사, 카페, 버스 어디서든 인터넷 접속이 가능하다. 그뿐인가! 누군가와 연락하기 위해 전화기 용도로만 쓰던 핸드폰도 인터넷을 하기 위한 훌륭한 도구가 되었다. 나 역시 핸드폰으로 음악을 듣고, 글도 쓰고, 정보도 찾는다. 한마디로 우리는 마음만 먹으면 인터넷의 세계에 풍덩 빠질 수 있는 시대에 살고 있다.

그런데 이런 시대를 역행하는 곳이 있으니, 바로 우리 회사다. 예전 직장 다른 부서원 몇몇이 징계를 받은 적 있었다. 업무 중 과한 주식투자와 인터넷 쇼핑 때문이었다. 마음먹고 IP를 추적해 그들을 잡아낸 회사도 놀랍고, 업무시간에 그렇게 대놓고 열심히 딴짓한 그들도 대단하다. 한 직원은 주식 창을 열어놓고 주식하느라 본인 일은 거의 안 했다고 했고, 다른 직원은 다단계 사업을 겸업하면서 끊임없이 뭔가를 사들였다고 한다.

그런데 병원에서도 그런 일이 있었던 걸까? 몇 년 전, 망 분리 사업이란 명목 하에 특정 PC에서만 인터넷 접속이 가능하게끔 대대적 작업이 이루어졌다. 망 분리를 통해 업무 PC는 업무 프로그램만 되고, 인터넷이 가능한 PC는 각 부서에 한두 대만 설치되었다. 망 분리를 추진한 단장님은 회사 차원에서 공로를 인정받아 상도 받았다.

인터넷 세상에 PC로 인터넷이 안 되다니! 처음 가장 크게 반발한 이들은 의료진이었다. 환자 맞춤 처방을 위해 의학 논문을 찾아야 할 경우가 있는데, 몇몇 PC만 접속이 된다니 얼마나 불편한가! 약사들도 병원 안에 있는 약 외에 다른 약에 대해 갑자기 물어보는 전화가 와도 바로 대답할 수가 없다. 내 자리는 인터넷이 안 되니, 인터넷이 되는 PC가 있는 약품 정보실로 전화를 돌릴 수밖에 없는 상황이 된 것이다. 거기다가 업무상 꼭 들어야 할 강의도 핸드폰으로 보아야 하는데, 그러기엔 눈이 힘들다. 간호사들도 끊임없이 환자를 보느라 앉아서 노는 사람이 없는데 도대체 누구를 위해서 인터넷까지 막은 것인지. 정확하게 알 길은 없지만 PC로 업무 외 다른 일을 지속적으로 한 안 좋은 사례가 있었던 것이 분명하다.

그런데 말이다. 이런저런 불편함 속에 문득, 주어진 것을 얼마나 당연히 여기며 고마움 없이 살아왔는지를 떠올리게 되었다. PC로 당연히 인터넷이 될 때 신경도 안 썼던 것들이 자잘한 불편함으로 다가올 줄 누가 알았단 말인가. 코가 막혀야 코로 숨 쉬는 게 얼마나 좋았는지 깨닫고, 아이가 아파야 그저 건강한 것에 감사하게 되고~ 왜 우리는 늘 무엇인가를 잃고 나서야 깨닫는지.

주식이든, 게임이든, 쇼핑이든.
회사에서 딴짓 열심히 하던 분들!
덕분에 일상의 감사함을 깨닫긴 했지만 좀 불편합니다.
앞으로 업무시간에는 일에 집중해주세요.

인생약사의 올바른 약정보

자의든 타의든 술 마시는 당신께 권합니다

음주인을 위한 영양제

"적당한 음주는 건강에 좋다"라는 말은 애주가가 사랑하는 슬로건이다. 여기서 '적당히'의 기준이 사람마다 달라 여러 문제가 발생한다. 건강보험심사평가원 자료에 따르면 1 표준 잔은 알코올 중량 12g을 말한다. 캔맥주 355mL 1캔, 소주 1.8잔, 막걸리 및 와인, 양주 각 1잔이다.

회식이 무척 많았던 첫 직장에서 나는, 어떤 술이든 한 모금만 들어가도 얼굴이 빨개지는 체질임을 알게 되었다. 알코올 분해과정에서 아세트알데하이드라는 성분이 발생하기 때문인데 이것이 숙취의 원인이다. 아세트알데하이드를 분해하는 효소인 아세트알데하이드 탈수소효소(ALDH)가 많다면 얼굴도 잘 빨개지지 않고 숙취가 적다고 한다. 나는 사회생활 경험도 부족하지만 이런 알코올 분해효소도 부족한 사람이었다. 나처럼 술을 못 마셔 힘들지만 사회생활을 위해 술을 마셔야 하는 사람, 원래 술을 좋아하는 사람 등 음주인으로 살 수밖에 없다면 아래 영양제들을 참고해보자.

종합영양제(멀티비타민미네랄) 중 고함량 비타민B군 영양제

알코올 자체도 열량이 있다. 공깃밥 한 공기가 흰 쌀밥으로 300kcal인데 소주 한 병은 약 400kcal다. 또 치맥이라 알려진 치킨과 맥주를 같이 먹으면 맥주 한 캔 180kcal, 후라이드 치킨 한 마리가 2000~3000kcal다. 이렇게 술과 안주만 먹으면 우리 몸에 꼭 필요한 비타민이나 미네랄은 부족해지고 칼로리는 과잉 섭취하게 된다. 술을 많이 마시는 사람은 비타민이나 미네랄이 부족할 수 있으므로 멀티비타민미네랄이라 부르는 종합영양제를 권한다.

특히 비타민B1(티아민), 비타민B2(리보플라빈), 비타민B6(피리독신), 비타민B12(사이아노코발라민), 엽산, 비오틴 등은 간에서 일어나는 탄수화물, 단백질, 지방 대사에 관여하는 여러 효소에 조효소로 작용한다. 따라서 이왕이면 고함량 비타민B군으로 구성된 영양제를 추천한다.

프로바이오틱스(유산균)

장내 감염, 만성 스트레스, 음주, 흡연 등 잘못된 생활습관은 장내 유익균의 수를 감소시킨다. 이러한 장내 유익균의 감소는 면역세포 활동이 약해지거나 유해균을 증가시킨다. 술을 자주 마시는 사람 중 과민성 대장증후군을 지닌 사람이 많다. 주요 증상은 설사 혹은 변비인데 복통, 더부룩함을 호소하기도 한다. 최근에는 유산균의 먹이라 불리는 **프리바이오틱스**를 유산균과 같이 복용하는 경우도 많다.

장내 균총을 좋게 변화시키기 위해서는 유익균을 많이 넣어주는 것과 더불어 장에 사는 균의 종류를 다양하게 바꿔주는 것도 중요하다. 주로 보장균수가 10억, 100억 등 억 단위로 기재되어 있는데 왠지 배 속에 넣는 균이지만 부자가 된 느낌이 든다. 지금 100억 자산가가 아니더라도 100억 유산균은 당장 내 장에 넣어줄 수 있다. (여기서 **보장균수**는 유통기한까지 남아있는 균의 수를 의미한다.)

이때 중요한 것은 프로바이오틱스는 살아있는 균이기 때문에 보관방법을 잘 따라야 한다. 보통 고함량 프로바이오틱스는 냉장 보관인 경우가 많다. 제조사나 유통사가 정한 방식대로 실온 혹은 냉장 보관 여부를 숙지하고 섭취한다.

하지만 무조건 균주나 균수가 많은 것을 고르라는 것은 아니다. 평소 건강관리 목적으로 프로바이오틱스를 섭취하는 사람과, 과민성 대장증후군 증상이 있는 사람은 제품 선택이 다를 수밖에 없다. 자신에게 맞는 제품을 고르되 선택이 어렵다면 전문가의 도움을 받자.

밀크시슬(실리마린)

앞서 말했던 아세트알데하이드 성분은 간세포에 손상을 준다. 밀크시슬의 잎은 2000년 전 고대 그리스부터 간 질환 치료제로 사용됐다. 열매와 씨에는 플라보노리그난이 함유되어 있고 주요 구성성분은 총칭하여 실리마린이라고 한다. 약리학적 연구에 따르면 실리마린은 간세포의 세포막을 보호하고 간 기능을 개선하며 다양한 간 독소로 인한 간 손상을 예방한다고 알려졌다. 그밖에도 밀크시슬은 항산화, 항종양 작용, 혈당 강하, 항 고지혈증 효과 등 다양한 작용을 한다.

식약처 권장 일일 섭취량은 실리마린 기준 130mg이다. 보통의 밀크시슬은 실리마린 성분이 60~80% 정도 함유되어 있다. 영양제 구입 시 밀크시슬 속에 실제 실리마린 성분은 얼마만큼 들어있는지 확인한다. 복용시간은 정해져 있지 않지만 식후를 권장하고, 알려진 부작용은 없으나 과다섭취는 피한다.

실리마린 제품 중 간 질환자의 경우 보험이 적용되는 제품도 있었으나, 지난 2021년 12월 1일부로 보험 급여 삭제가 결정되었다. 2022년 5월 1일부터 병원에서 처방되던 실리마린 제품(대표제품 : 상품명 레가론)이 더는 건강 보험적용이 안 될 예정이었으나, 현재 법정 소송 중이고 아직은 보험 적용을 받고 있다. (일반의약품 영양제나 건강기능식품으로 나온 실리마린의 경우, 원래부터 보험적용을 안 받으니 가격 변동은 없다.)

2장

을맛 맛보기

자전거 덕분에 마법력 1이 상승했습니다

요즘은 자전거 도로가 참 잘되어 있다. 자전거 타기로 건강도 챙기고 재미도 챙기는 사람들이 많다. 하지만 나는 자전거를 볼 때마다 소름이 돋는다.

내 최초의 자전거 타기 기록은 여의도 공원이 '여의도 광장'이라 불리던 시절이다. 아마 대학생 때였던 것 같은데 국회의사당을 바라보며 자전거를 탔던 기억, 그 옆은 차가 쌩쌩 다니는데 정말 작은 봉 하나로 경계를 구분했던 기억이 난다. 그때 '내가 저 봉을 넘어 차도로 들어가면 어떡하지!' 하고 걱정했던 게 떠오른다.

그 이후 거짓말 안 보태고 단 한 번도 자전거를 안 타다가 15

년쯤 지난 어느 날, 양수역에서 자전거를 빌려준다는 친구의 말이 생각나 신혼 1년 차인 나는 신랑과 양수역으로 향했다. 마침 마감시간이 다 되어서 주인아저씨가 30분밖에 못 탈 텐데 빌릴 거냐고 물었다. 평소 같으면 다음에 한다고 했을 텐데 그날은 무슨 일인지 꼭 타고 싶다며 두 대를 빌렸다. 한번 배운 기술(자전거, 수영 등)은 안 잊어버린다는 말을 철석같이 믿고, 간도 크게 집채만 한 자전거를 빌렸다. 오랜만에 탄 자전거지만 얼굴로 느껴지는 바람이 참 좋았다.

'아, 이런 게 자전거 타는 기분이었지. 너무 좋다.'

그런데 어느 순간 내리막길이 나왔다. 아차, 자전거를 타본 지 너무 오래돼서, 속도를 조절하려면 무엇을 만져야 하는지도 떠오르지 않았다. 속도 제어가 안 되니 더 무섭게 내달리는 자전거. 갑자기 공포가 밀려와서 나는 자전거 쉼터가 보이는 오른쪽을 향해 급하게 핸들을 꺾었다. 그 순간 내 앞에 무엇인가 쾅 부딪히면서 눈앞으로 붉은 것이 줄줄 흘렀다. 의식이 혼미해지면서 갑자기 사람들이 뛰어오는 소리가 들렸다. '나 다친 건가.'

"괜찮아?"

뒤따라오던 신랑이 자전거에서 내려 다급히 나를 부르며 울고 있었다. 나는 왠지 괜찮은 것 같은데 얼굴에 감각이 없었다. 어디선가 계속 흐르는 피는 이마에서 나는 건지 눈앞으로 자꾸 검붉은 액체가 흘렀다.

앗, 코! 내 코가 없어졌다. 그 정신없는 순간에도 손으로 코를 찾겠다고 만져보니 콧등이 사라졌다. '나 코가 부러졌나 봐.'

그렇게 내 생애 처음 구급차를 탔다. 자전거 사고 후 구급차를 타고 가면서도 실감이 나지 않았다. 내가 진짜 다친 건지 이게 꿈이 아닌지 의심했다. 코도 코지만 이마와 전신이 욱신거려서 참을 수 없었다. '이거 진짜네. 나 괜찮을까?'

일요일 오후, 양수리에서 서울로 가는 길은 차가 무척 밀려서 구급차도 빠르게 이동하지 못했다.

"여기서 제일 가까운 서울 A병원으로 갑니다."

"거기 말고 B병원으로 가주세요. 제가 거기서 일하거든요."

그런데 구급차도 관할 구역 같은 게 있어서 A병원 이상은 갈 수 없단다. A에서 따로 B병원으로 가려면 개인적으로 이동하는 수밖에 없다고 했다. 결국, 처음 말한 A병원 응급실로 갔다.

신랑의 연락을 받고 도착한 우리 부모님이 울면서 나를 맞았고, 그곳 응급실에서는 지금은 찢어진 이마 치료만 가능하고, 코는 부기가 가라앉아야 수술할 수 있으니 오늘은 어렵다고 했다. 또 응급실에 사람도 많아서 30분 이상을 기다려야 한다고도 했다. 차로 15분만 가면 우리 집이 있고, 응급실에서 기다릴 시간에 차라리 움직이자며 부모님 차를 타고 내 직장 B병원 응급실로 갔다.

B병원 응급실에 들어가는 순간 나도 모르게 '아차, 그냥 아까

거기서 기다릴걸' 하는 후회가 밀려왔다. 토요일 오후의 응급실은 등산하다가 다친 사람, 온몸을 맞은 채 들어온 사람, 피가 철철 흐르는 사람 등등 보기만 해도 빨리 봐줘야 할 사람들이 가득했다. 나는 공포영화에 나오는 여자처럼 이마가 찢기고, 머리카락에 피딱지가 가득한 채, 얼굴은 부어 코와 뺨에 경계가 없었지만, 걸어서 들어왔기에 그들 중 제일 가벼운 증상의 환자였다. 내 직장 B병원 응급실에서 마냥 3시간을 끙끙 앓으며 기다렸다. 응급실은 직원 우대가 아니라 위중한 순서니까.

드디어 내 차례, 응급실 당직 의사가 성형외과 의사를 호출해서 지금 이마 상처 봉합부터 할 것이라고 알려주었다. 그리고 코는 어차피 부기가 가라앉아야 수술이 되니 하루 뒤 할 수 있다고 했다. 단, 이 병원에서 해도 되고 강남 유명 성형외과로 가서 해도 되니 환자가 병원을 선택하라고 했다. 나는 이미 결혼도 했고, 내 코가 재건되어도 원래 코에서 크게 달라지는 걸 원하지 않아 그냥 여기서 코 수술을 하겠다며 바로 예약했다.

마취한 이마에 감각은 없지만, 눈으로는 실이 오가는 것이 보였고, 미세하게 따끔한 감각이 온몸을 관통했다. 이마의 상처를 꿰매는 작업 자체는 금방 끝났지만, 체감상으로는 영원히 끝나지 않는 시간을 마주한 느낌이었다.

드디어 모든 것이 끝나고, 거울을 보았다. 거울로 본 내 이마에는 영화 〈해리 포터〉의 '해리'가 가진 이마 흉터처럼 길쭉한 상처가 생겼다. 울음이 터졌다. 이제 영원히 앞머리를 내려야 하나? 얼굴에 흉터라니. 한참 울다가 순간 마음을 바꾸기로 했다. 해리 포터의 상처가 생긴 것은 마법력이 생긴 거라고.

'나에게 드디어 마법력이 1 생겼구나!'
'부러진 코 수술도 잘 될 거야.'

직장에 연락해서 사정을 설명하고 사흘 후 출근하기로 했다. 그때까진 이 마법이 어디까지 가는지 몰랐다. 내 마법의 키워드는 '변화'였음을 며칠 후 알 수 있었다.

나는 자전거로 퇴사한다

의사 선생님은 부러진 콧대를 바로 잡는 수술이란 코뼈를 세우는 일이라고 했다. 다른 수술에 비하면 간단하다지만, 내 평생 수술을 해본 적 없어서 무척 무서웠다. 텔레비전에서 보면 수술실로 갈 때 천장의 형광등이 머리 위에서 주마등처럼 스쳐 지나간다. 나도 딱 그랬다. 그런 식으로 형광등이 있는 복도를 지나 어둡고 차가운 수술실로 들어갔다. 수술실은 엄청 추웠다.

눈을 떴을 때, 코에 솜이 백 개쯤 들어찬 느낌이었다. 코뼈를 바로 세우려면 이 솜으로 코를 이틀간 막고 있어야 하며 절대 빼면 안 된다고 의사 선생님은 설명해주었다. 들을 때는 쉬웠는데 실제로는 진짜 고통스러웠다. 입으로만 숨을 쉬려니 입은 계속 바짝바짝 마르고, 코는 답답하고, 꿰맨 이마의 상처는 계속 욱신거리고. 그때 신랑에게 이렇게 말했다.

"미운 사람이 있다면 코를 세게 쳐서 코뼈를 부러뜨려주고 싶어. 코로 숨을 쉬지 못하니 짧지만 강력하게 고통을 줄 방법인 것 같아."

이틀 후 솜을 빼고 코 깁스를 받았다. 코에도 깁스가 있다는 걸 처음 알았다. 2박 3일의 병가를 쓰고 다시 출근하는 날에도 이 깁스를 하고 출근했다. 그런데 다시 출근한 그 첫날, 코의 욱신거림과 이마의 통증이 온 얼굴을 감쌌다.

그날 내가 해야 하는 일은 약을 검수하는 일이었다. 약 검수란, 약이 포장된 한 포마다 처방전대로 제대로 약이 들어있는지를 확인하는 일이다. 일하면서 고개를 숙이고 계속 아래쪽 약을 바라봐야 해서 일할수록 통증이 심해졌다. 하루만이라도 더 쉬어야 할 것 같았다. 부서장을 찾아갔다.

"부서장님, 제가 얼굴을 숙이고 일하기가 너무 힘듭니다. 이마랑 코 전체가 너무 아프네요. 하루만 더 쉴 수 있을까요?"

부서장에게는 아침에 잘 왔다고 인사도 드렸고 2박 3일간 나 없이 일하게 해서 죄송했다고 부서 직원 모두에게 커피도 한 잔씩 돌렸다. 하지만 오후까지 버티기가 너무 힘들었던 탓에 아침 일을 마치고 부서장의 방을 찾은 것이다.

그런데 부서장이 갑자기 소리를 질렀다.

"네가 놀다가 다친 건데 어디서 하루를 더 쉬겠다는 거야? 네가 빠져서 사람들이 얼마나 힘들었는지 알아? 남아있는 사람들한테 미안하지도 않냐? 나이 많은 너를 뽑아준 건 네가 갈 데 없을까봐 그런 건데 어디서 쉬겠다는 거야? 아파도 참고 일해야 정상이지 입에서 쉬겠다는 말이 나와?"

그랬다. 그 당시에는 보통 약대를 갓 졸업한 20대만 병원 약사로 뽑았다. 그래도 나는 병원에서 일을 한번 해보겠다고, 31살이라는 나이에 병원으로 들어갔다. 다른 동기들과 나이가 7살쯤 차이 났지만, 나름대로 열심히 일했고 그들과 제법 잘 어울리며 지내고 있었다. 그런데 부서장은 나이와 관계된 인신공격에다가 여기에 다 쓰지 않은 온갖 말들을 내뱉었다.

몸도 너무 아프고 (넘어질 때의 전신 충격으로 몸살 기운도 계속 있었다) 얼굴도 아픈데 지난 4년간 일해온 곳에서 단 하루를 더 쉬지 못하게 하는 가시 같은 말들이 나를 찔렀다. 그 순간 무슨 마음이었는지, 1초의 망설임도 없이 퇴사를 결심했다.

"저 오늘부로 관두겠습니다. 그동안 감사했습니다."

눈물이 폭포처럼 쏟아지는데 얼굴이 욱신거려서 정신까지 혼미했지만 이 말 한마디 던지고 방을 나왔다. 사물함으로 바로 내려가 옷을 찾아 갈아입고, 그동안 감사했다고 사람들에게 크게 인사 한 번 하고 나왔다. 정말 1초도 더 있기 싫었다.

사실 그동안 체력적으로 힘들기도 하고, 다른 곳으로 이직을 할까, 잠시 쉴까를 고민하던 터였다. 그래도 같이 일하는 동료들이 좋아서 버티고 있었는데 부서장이 너무나 명쾌하게 결론을 내리게 해주었다.

코야, 고맙다. 네 덕분에 힘들던 결정을 빨리했네. 도와줘서 고마워.

직장인 분노백서 : 복수할 거야

가끔 정말 화를 돋우는 직장 동료 혹은 상사를 만난다. 막말을 서슴지 않던 이전 회사 부서장은 나에게뿐 아니라 다른 사람들에게도 자주 막말을 퍼부었다. 인신공격이라 할 만한 나이를 들먹인다든가 별것 아닌 간식으로도 자주 딴지를 걸었다. 외부업체 직원들에게도 과한 것을 요구한다든가 밀어붙이기 식의 압박을 가하기도 했다. 그런데 부서장 말고도 퇴사 유발자가 한 명 더 있었다.

중간관리자 Y는 말이 너무 짧아서 듣는 이가 뒷부분을 추측해야 했다. "이거~" 하고 일을 준다. 뒷말은 알아서 가늠한 뒤 일해야 하는 식이다. 뒤쪽 동사를 물어보면 물어본 사람을 째려보는데 그 눈빛이 너무 매서웠다. 가끔은 내가 한 일을 어떤 식으로 했는지 나에게 되물을 때가 있었는데 어김없이, "어떻게?"라는 딱 한 마디뿐이다. 내 입은 설명을 하려다가도 그녀와 눈이 마주치면 메두사라도 본 것처럼 얼어붙었다. 그러니 나도 모르게 횡설수설하게 되고 순간 나는 바보가 된 것처럼 느껴진다.

이런 말투는 상대방의 나이 고하를 막론했다. 입사가 늦지만 자기보다 나이가 많은 나에게도 어김없이 "여기~" 이런 식인데, 나는 그나마 사회생활을 좀 해봐서 추측이라도 했지, 갓 고등학교를 졸업하고 들어온 직원들은 더 힘들어했다.

약국에는 약사 외에도 여러 직원이 있다. 그곳에는 기간제 계약직 직원이 많다. 그들 대부분은 파견 계약직(소속은 다른 회사인데 파견돼서 우리 쪽으로 나온 직원들)인데 Y 때문에 온 지 하루만에 나간 수가 손가락으로 다 헤아리지 못할 정도였다. 물론 다음날 다른 파견 계약 직원이 다시 들어왔다. 그나마 정신력이 강한 직원들만 남아서 계약기간 2년을 채우고 나가는 식이었다.

이런 경우를 직접 당했다고 생각해봐라. 가슴속에 화가 치밀어 오르고 천불이 난다. 하지만 어떤 방법으로도 갚아줄 수 없었다. 나는 진정한 을이라 갑을 이기거나 누를 방법도 없어 마음속에 화가 쌓이기만 했다. 내 마음은 점점 피폐해졌다. 가끔은 복수를 해주고 싶다고 생각했다.

'내가 너네한테 당한 만큼 갚아줄 거야.'

마음속 생각은 한가득, 하지만 실제 행동으로 옮길 수 없었던 나는 언제나 불만 가득한 인간일 뿐이었다. 당연히 그들은 내 마음속이 어떻든 누구보다 잘 살아갔다. 나는 퇴사를 했고, 그들의 이름은 내 마음 깊은 곳, 분노의 방에만 담아두었다. 당신들! 부서장과 Y씨! 모두 기억할 겁니다.

퇴사 후 5년쯤 지난 어느 날이었다. 아직도 그곳에 다니는 친구에게서 연락을 받았다.

부고. A 부서장

나는 내 눈을 의심했다. 매일 건강하다고 입만 열면 자기 건강 자랑에, 운동 안 하는 다른 직원에게 험한 말을 일삼던 그가 아니던가. 사인은 암이었고, 장례식장에 많은 조문객이 찾아왔다고 했다. 몇몇 옛 동료들은 장례식장에 갔지만 나는 그곳에 가지 않았다. 내 마음은 아직 죽음이라는 계기가 그를 용서할 정도는 아니었다.

그런가 하면 말 짧은 Y는 나보다 먼저 결혼해서 결혼 10년 차가 넘어가는데 아직 아이가 없단다. 아이를 키우며 '나'라는 존재가 갈아지는 경험을 안 했으니, 지금도 사람 귀한지 모르고 여전히 짧게 말하고 있을 것이다. 요즘은 어디서든 남에게 폐 끼치지 않고 잘 살아야겠다는 생각이 든다. 부서장의 부고를 들은 엄마의 첫마디가 이랬다.

"누군가에게 원망을 듣는 일은 절대 좋은 게 아니다"라고.

"좋은 말을 듣도록 노력해라. 지금이 아니라도 후대라도 복을 받는다"라고.

내 주위에서 나를 괴롭히고 누군가를 괴롭히는 그들은 아마 잘 사는 것처럼 보일 것이다. 지금 당장은 말이다. 그런데 한 가지만 기억하자. 우주와 자연에는 법칙이 존재한다. 황금률은 "내가 남에게 대접받고 싶은 대로 대접하라"라는 것이다.

내가 대접받고 싶은가?

내가 만나는 모든 사람을 잘 대접해라.

내가 사랑받고 싶은가?

내가 마주치는 모든 사람에게 사랑을 전해라.

다른 이에게 원망을 듣는 것은 결코 좋지 않다.

인생약사의 올바른 약정보

뼈 때리는 사람들

뼈에 좋은 영양제

흔히 '뼈 때린다'는 말은 주로 일침을 놓거나 정곡을 찌를 때 많이 쓴다. 코뼈가 부러진 적 있는 나는 뼈가 부러지는 아픔과 다시 뼈가 붙을 때까지의 시간을 겪어봤기에 농담으로라도 뼈 때리는 사람을 좋아하지 않는다.
늘 똑같아 보이는 뼈도 매순간 끊임없이 분해되고 새로 만들어진다. 그런데 나이가 들수록 해마다 골량이 줄어들고 퇴화되니 뼈가 약해져 골절을 일으키기 쉬운 상태가 된다. 골다공증이 생기는 이유다. 나이가 들수록 약해지는 뼈. 골다공증을 겪으며 노후를 보내지 않으려면 어떤 영양제를 섭취하는 게 좋을까?

칼슘

우리 몸의 칼슘은 대부분 뼈와 치아에 존재한다. 칼슘은 뼈에도 중요하지만 그 밖에 근육의 수축 및 이완, 심장 박동 조절, 아세틸콜린의 합성, 신경의 활성화, 혈액응고인자 및 효소의 활성화, 세포막 투과성 조절, 정신 신경계 작용 등 다양한 생리적 기능에 관여한다.

혈중 칼슘 농도를 일정하게 유지하기 위해 우리 몸의 다양한 기관이 관여한다. 혈중 칼슘 농도가 감소하면 부갑상샘에서 호르몬이 분비되고 이 부갑상샘 호르몬이 뼈에서 칼슘을 나오게 한다. 한편 부갑상샘 호르몬은 신장에도 작용해 칼슘 재흡수를 높인다. 이러한 일련의 과정을 통해 칼슘의 혈중 농도가 올라간다.

칼슘은 1회 500mg 이하로 복용해야 체내 흡수율이 높다. 그러니 하루 2, 3회 나눠 복용하는 것이 좋다. 또 칼슘 제제는 변비를 유발할 수 있어 충분한 수분과 식이섬유 섭취가 병행되어야 한다.

비타민 D

활성형 비타민D는 소장을 자극해 칼슘이 소장에서 흡수되는 것을 증가시킨다. 적절한 칼슘과 함께 비타민D를 같이 섭취하는 이유다. 비타민D는 뼈 건강 외에도 근수축, 신경 근육 기능 조절, 세포 성장 사멸, 분화, 면역 조절 등 다양한 신호전달에도 관여한다.

비타민D 보충제에는 비타민D2와 D3가 사용되는데, 이들은 간과 신장에서 활성형 비타민D 또는 칼시트리올이라고 하는 활성 형태가 된다. 이 활성 형태는 장에서의 칼슘 및 인의 흡수를 촉진한다. 무기질인 칼슘과 인은 뼈에 통합돼 뼈를 강하고 조밀하게 만들기 때문에 칼시트리올은 뼈 형성, 성장 및 복구에 필요하다.

원래 비타민D는 자외선을 통해 합성되는 비타민이지만 실내 생활, 자외선 차단제 등을 통해 부족해지기 쉬운 성분이라 보충제로 섭취한다.

마그네슘

마그네슘은 칼슘과 함께 뼈를 구성하는 주요 성분이다. 또한 칼슘과 함께 신경세포의 전기적 흥분을 조절하고, 칼슘에 대응하며 근육 수축, 혈소판 응집 억제, 세포 기능 컨트롤까지 수행한다. 한마디로 마그네슘과 칼슘은 공동으로 수행하는 일이 많다. 또 마그네슘은 비타민D가 칼슘 대사에 관여해 골밀도를 높일 때도 필요한 무기질이다.

칼슘의 보충을 위해 마그네슘과 복합제로 나오는 경우가 많다. (보통 칼마디 영양제로 알려진 칼슘, 마그네슘, 비타민D 조합은 칼슘의 보충을 위한 것이다.)

칼슘과 마그네슘의 함량 비율은 2 : 1 혹은 1 : 1을 권하며, 뼈의 건강 때문이 아닌 신경 안정을 이유로 마그네슘을 단독으로 복용할 때에는 저녁에 복용하는 것을 추천한다.

비타민K2

칼슘을 많이 먹으면 심장 질환이 증가한다는 기사를 본 적이 있는가? 음식이나 보충제를 통해 칼슘이 몸 안에 들어오면, 소장에서 비타민D의 도움을 받아 혈관으로 흡수된다. 마지막으로 이 칼슘을 뼈에 잘 저장해 놓으면 된다. 문제는 이 뼈 저장단계에서 칼슘이 뼈로 가지 않고 혈관을 막거나 주변 조직에 달라붙으면 석회화를 일으키기 때문에 심장 질환이 발생할 수 있다.

비타민K2는 청국장이나 낫또에 들어있는 성분이다. 이 비타민은 '심장병'의 주원인인 '동맥 석회화'를 방지하는 데 도움이 되는 단백질(Matrix Gla-Protein : MGP)을 활성화한다. 이러한 MGP 단백질을 활성화하면 칼슘이 뼈가 아닌 혈관이나 조직에 결합하는 것을 막아준다. 또한 연골 조직에서 칼슘의 축적으로 인한 석회화를 예방하는 데 도움이 된다. 또 비타민K2는 뼈에서 칼슘이 나오는 것을 막고, 오스테오칼신을 활성화해 칼슘을 뼈로 이동시켜 뼈를 건강하게 만드는 작용도 한다. 참고로, 오스테오칼신(Osteocalcin)은 사람의 뼈와 치아의 상아질에 있는 비콜라겐성 단백질 호르몬이다.

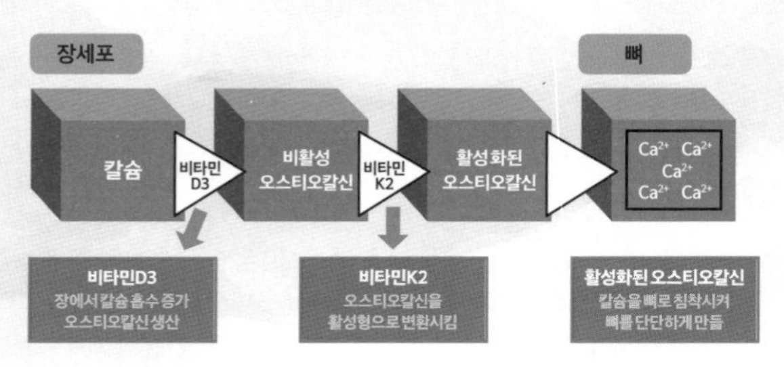

출처 : 〈치과신문〉 '치과, 기능통합치의학에 주목, 증상치료에서 기능치료로' 2021.9.27

한 가지 기억할 것은 현재 국내 건강·기능식품은 해외제품처럼 비타민K2라고 표시할 수 없다. 바실러스 나토균 농축 분말, 병아리콩 추출 분말 이런 식으로 표시된 성분을 참고하면 된다.

마지막 유의할 점으로는 비타민K2는 비타민K1과 다르다는 것이다. 비타민K1은 케일, 시금치 등 녹색 잎채소에 들어있고 혈액 응고에 관여하는 성분이다. 비타민K2는 주로 소의 간과 같은 동물성 음식이나 요구르트, 치즈, 낫토와 같은 발효식품에서 발견된다. 뼈 건강을 위해서는 비타민K2를 섭취해야 한다. 이를 기억하고 평소 위의 음식을 섭취하도록 하자.

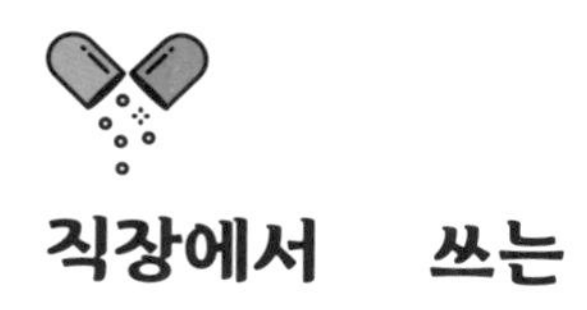

직장에서 쓰는 가면

어디든 사람이 모이는 곳에는 다양한 사람이 들락날락거린다. 그런데 직장에서 만났을 때와 달리, 밖에서 보면 전혀 딴 사람인 경우가 많아 놀랄 때가 있었다. 이 사람이 내가 알던 그 사람이 맞나?

B는 수더분한 차림새와 느릿한 말투를 지녔다. 경력이 꽤 되지만 육아 때문에 파트타임 임시직으로 들어와 일한다고 했다. 그녀는 일할 때 세상 순한 얼굴로 "제가 잘 몰라서요" 이런 식으로 공손히 말했다. 그런데 말은 겸손하게 하면서도 막상 일할 때는 가르쳐준 대로 하지 않고 자기 식으로 해서 실수가 잦은 편이었다. 같이 일하는 우리는 그가 조금 느리니 업무 적응까지 시간

이 걸리는구나, 하고 이해해주기로 했다.

그러던 어느 날 외부 식당에서 점심을 먹고 나와 길을 가는데 귀에 익은 목소리가 들렸다.

"똑바로 안 할 거야? 내가 하나하나 다 가르쳐줬잖아."

속사포처럼 떠드는 그녀는 바로 B였다. 이렇게 말하는 사람일 줄이야. 평소에 주눅 든 것 같은 목소리가 아니었다. 통화하는 상대방이 누군지는 몰라도 쥐 잡듯이 잡아서 깜짝 놀랐다. 이후 다른 동료도 그가 전화 받는 모습을 봤는데, 성격도 엄청나게 강하고 논리적으로 말하더라 했다. 그날부터 왠지 B가 다르게 보였다. '일 안 하려고 일부러 느긋하게 행동하는 거 아니죠?'라고 묻고 싶을 정도였다. 그녀는 정말 딱 병원 경력이 필요해서 들어온 사람처럼 몇 개월만 일하고 바람처럼 사라졌다.

반면 S는 삶이 너무나 충만하고 긍정으로 가득한 사람이었다. 삶이 완벽해 보이는 사람들도 가끔 불만을 터트린다. 그런데 S는 일상의 모든 것이 너무 좋다는 것이다. 남편도 너무 좋고 자신에게 잘해주며, 삶 전체가 너무 좋다는 말을 수시로 꺼내서 모두의 부러움을 한몸에 받았다. 나는 뭔가 상대적인 박탈감을 느꼈다.

'가끔 남편이랑 투닥거리고 싸우기도 하는 내가 인간적이지'라고 혼자 자조 섞인 농담을 하다가도, '완벽한 가정이란 게 있긴 하구나' 싶었다. 그러다가 내가 퇴사한 지 한참 뒤까지 그곳을 다니던 친구를 오랜만에 만났다. 나는 문득 궁금해졌다.

"거기 S는 아직도 잘 살죠? 그 집 완벽한 가정이고. 남편 복도 많은 집이잖아."

그러자 그 친구는 내가 처음 들어본 이야기를 꺼냈다. S가 당직 근무로 병원에서 일하고 있을 때조차도 집에 있는 신랑의 식사를 주문해준다는 것이다. 알고 보니 그 신랑은 혼자 아무것도 못 해서 짜장면 주문도 밖에 나와있는 S가 대신 해줘야 먹는다는 사실. 헐! 정말 좋은 남편 맞나? S는 무엇 때문에 그토록 완벽한 가정을 강조했을까?

직장에서 가면을 쓸 수 있다고 생각은 한다. 하지만 자신을 숨기는 것도 쉽지 않을 텐데 왜 그렇게까지 힘들게 사는 걸까? 우리는 모두 결점이 가득하다. 완벽한 사람은 없다. 단지 불완전한 존재 자체가 나라는 걸 받아들이는 게 어려운 사람들이 있을 뿐이다. 내가 겪은 대다수의 사람은 누군가 결점을 드러낸다고 그 사람을 욕하지 않았다. 오히려 부족한 것이 있는 사람에게 하나라도 더 도와주려고 손 내미는 이들이 더 많았다.

그러니 직장에서 가면은 살짝만 써도 된다. 계속 쓰다가는 내가 누군지도 모른 채 그 가면에 질식할 수도 있다.

내가 하면 로맨스, 남이 하면 불륜

우리 부서에 근무하던 M은 40대 후반의 남성으로, 여자들이 많은 부서에서 특유의 아저씨 유머(?)로 분위기를 즐겁게 만들던 이였다. 잡담할 때는 눈빛이 빛나다가 일할 때는 세상 피곤한 눈빛을 보이며 내뱉는 말은, "난 여기 있을 사람이 아니야"라는 것.

M이 보통 여자 직원이 오는 우리 부서에 배치된 것은 라인을 잘못 타서 좌천된 것이라는 설도 심심찮게 들렸다. 그렇게 몇 년을 같이 일하다 내가 육아 휴직을 마치고 돌아왔을 때 그는 없었다. 옮겨간 다른 부서에서 자리를 잡은 모양이었다. 내가 복직 후 새로운 부서에서 보내던 때, 가끔 복도에서 마주치면 얼굴이 꽤 좋아보였다. '역시 사람은 맞는 자리에 가서 일해야 하는구

나!' 속으로 그렇게 생각했다.

그러던 어느 날 사내 게시판에 공고가 났다.

M : 대기 발령

대개 회사의 대기 발령은 뭔가 큰일이 있어야 내려지는 건데, 사내 정보가 제일 늦게 도는 우리 부서에도 M과 관련된 어마어마한 소식이 전해졌다. 그것은 바로 사내 횡령!

처음에는 1억을 횡령했다는 소문이 몇 번을 돌더니 10억까지 올라갔는데 아직도 정확한 횡령 액수는 모른다. 더 충격적인 것은 그에게 사내 애인이 있었는데 이 모든 일이 애인의 생활비를 대주기 위해서였다는 것이다.

고등학생 딸이 있는 유부남 M의 상대는 골드 미스라고 했다. 우리 부서의 1층 근무자도 지하에서 근무하던 M을 1층 복도에서 너무 자주 마주쳐서 의아했다고 한다. 도대체 그가 왜 이렇게 자주 올라오나 싶었는데 그건 바로 상대가 1층에 근무했기 때문이었다.

직장이란 곳은 남녀가 같이 일하다 보니 수많은 소문과 가십이 떠다닌다. 대개 추측성이지만, 이렇게 밝혀져 모두가 알게 되는 일도 빈번하다. 성격 좋아보이던 M은 중년의 위기를 로맨스로 극복하려 했던 걸까? 입버릇처럼 여기는 자기가 있을 곳이 아니라던 M은 아예 회사 밖으로 쫓겨났다. 말은 곧 씨가 된다. 당신의 말을 조심하라.

여기서 궁금할 것이다. 상대방 그녀는 어떻게 됐을까?

한동안 잘 다녔다. 도덕적 해이 외에 돈을 빼돌린 것도 아니고 실질적인 잘못이 없었기 때문에 징계 사유를 들먹이며 퇴사시킬 이유는 없었나 보다. 모두 그의 이야기를 아는데도 출근했던 걸 보면 그는 얼굴이 두꺼운 슈퍼 을이 분명했다. '나를 무슨 이유로 자를 건데? 나는 사랑을 했을 뿐이라고' 이런 느낌이랄까. 더는 소식을 몰랐는데 그도 최근에 퇴사했다고 한다.

사랑 좋다. 이 세상에 사랑만 한 것이 어디 있는가? 믿음, 소망, 사랑 그중에 제일은 사랑이라고도 하지 않았나. 그러나 직장에서는 그냥 딱 일로만 사랑하고 사랑받자. 여기에 우리는 일을 하러 온 것이지 지탄받는 슈퍼 을이 되기 위해 온 게 아니니.

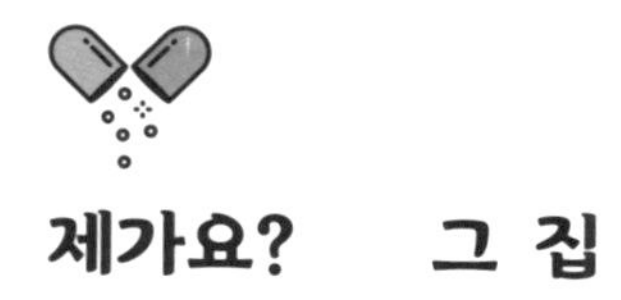

제가요? 그 집 남편이랑?

대학교 시절, 동네에서 30분 거리에 영어의 명가 S어학원이 있었다. 종로에도 좋은 학원이 많았지만 이 학원 시스템은 영어에 몰입할 수밖에 없는 환경을 만들어주었기에 인기가 많았다. 수업 시작 전과 후에 어학실에 들어가 스피킹 연습을 하고, 수업시간에도 말하기 위주였던 곳이었다. 그때까지도 아침잠이 많았는데 영어를 먹어버리겠다는 일념으로 학원에 등록했다.

사실 영어공부가 재미있지는 않았다. 하지만 얼마나 열심히 사는 이들이 많은지, 대학생인 나에게 큰 자극이 되었다. 회사원 A씨는 이른 아침부터 영어공부를 한 뒤 출근했고, B 언니는 공인회계사 준비도 하면서 영어공부를 했다. 다들 열심히 사는 모습이 보기 좋았다.

이 어학원에는 독특한 문화가 있었다. 들어는 봤나? 선착순 추첨! 아침 일찍 가서 번호표를 받아야 다음 단계 등록이 가능했다. 지금처럼 전산 시스템이 없던 시절이기도 하고 그곳만의 로열티(?)를 유지하는 절차였다. 내 옆자리였던 회사원 A씨가 부탁했다. 마침 회사 출장이 잡혀 자신이 받을 수 없으니, 번호표를 대신 좀 받아달라고. 어려울 것도 없는 부탁이기에 나는 흔쾌히 수락했다.

그 당시는 삐삐 세대라서 A씨는 내 삐삐 번호를 적어갔다. 다음날, 내 삐삐에 모르는 번호가 찍혔다. 아무 생각 없이 그 번호로 전화를 걸어본 나.

"여보세요~"

"야, 이년아~~ XXCCC XXX"

진짜 생전 처음 들어보는 오만가지 욕을 다 들었다. 듣고 보니 A씨의 부인이었다. 영어 배우러 다닌다고 나가더니 웬 번호가 적혀있고 그게 마침 내 번호였던 것이다! 남편이 바람을 피운다고 여긴 게 확실했다.

21살 대학생인 나는 당황하기도 하고 놀라기도 해서 말도 제대로 못하고 그 자리에서 펑펑 울기만 했다. 너무 화나지만 뭘 어떻게 해야 할지조차 몰랐다. 같이 수업을 듣고, 그냥 번호표 받아달라고 해서 받아준 것뿐인데 내가 사십 대 아저씨랑 뭘 했다고!

다음날 수업시간에 나와 마주친 A씨는 아무 말도 하지 않았다. 나는 다음날부터 그 어학원에 나가지 않았다. 그 이후로 영어학원은 다니지 않았다. 영어는 그렇게 내게서 멀어졌다.

최근 어떤 계기로 이 사건이 갑자기 떠올랐다. 지금 같으면 억울하다고, 내가 뭘 어쨌냐고 말할 수 있을 텐데 그때의 나는 겁 많고 어렸다. 아무 말도 못 하고 울기만 했던 억울한 기억이라 그런지 꽤 오래 내 마음속에 봉인되어 있었다. 어쩌면 A씨는 자주 바람을 피우고 다녔을 수도 있다. 또는 그 부인이 의부증이 심했을 수도 있다. 어떤 경우였든, 어떻게 생각해도 상식 이하의 사람들이었다. A씨는 내게 사과 한마디 없었고 그 부인도 마찬가지였다.

나는 이제 당당하게 틀린 것은 틀렸다고, 억울한 건 억울하다고 말할 수 있는 나이와 연륜이 쌓였다. 누군가가 나를 이유 없이 괴롭히고 힘들게 한다면 을의 입장에서 순식간에 갑력을 행사할 수 있다는 뜻이다. 진실이란 반드시 밝혀질 것이며, 울기만 하고 행동하지 않으면서 마음만 다치게 두는 건, 더 이상 하지 않기로 했다.

인생약사의 올바른 약정보

나 좀 쑤시지 마

비 오는 날 쑤신다면 관절 영양제

비 오는 날만 되면 할머니는 뼈마디 마디가 쑤신다고 했다. 뼈와 뼈 사이가 연결되는 부분이 관절, 뼈 사이 충격을 흡수하는 것이 관절연골 즉 우리가 물렁뼈라 부르는 부분이다. 나이가 들면서 연골 구성 물질이 줄어들어 관절끼리 마찰하면 통증과 피로감이 심해진다.
골 관절염(퇴행성관절염)은 관절을 보호하는 연골이 점차 손상되어 염증과 통증이 생기고 관절 기능이 저하되는 병이다. 주로 무릎에 많이 생기고 엉덩이관절이나 손가락, 발가락에도 나타난다. 중년 이후 성인에게서 많이 생긴다. 나이 들어 남 밑에서 일하는 것도 서러운데 뼈 마디 마디가 아프다고?
"나 좀 쑤시지 말고 내버려 둬"라고 소리 지르고 싶은 당신.
관절을 위해 어떤 영양제를 챙겨볼까?

글루코사민

글루코사민은 게, 새우 등의 갑각류 껍질에서 키틴과 키토산을 가수분해해 천연으로 얻거나 화학 합성으로 만들어진다. 따라서 갑각류 알레르기가 있는 사람은 복용에 주의해야 한다.

글루코사민은 연골 조직 전구체인 글리코사미노글리칸의 생합성에 필요한 성분이자 연골의 퇴행을 막는 역할을 한다. 글루코사민 황산염, 글루코사민 염산염 등 염 형태와 N-아세틸글루코사민이 시판되고 있다.

글루코사민 황산염이나 N-아세틸글루코사민의 섭취 시 관절 기능이 개선되었다는 보고가 있으나, 염산염 형태는 효과에 대한 논란이 있으니 피하는 것이 좋다. 단독복용보다 콘드로이친과의 병행이 효과적이라는 연구들이 있다. 단 글루코사민 자체가 포도당과 아민으로 이루어진 것이므로 혈당이 염려되는 사람, 당뇨 환자는 주의를 요한다.

콘드로이친

포유류의 연골 조직에서 얻는 점액 다당류다. 연골 구성성분의 생성을 촉진한다. 염증 유발물질인 사이토카인류를 감소시켜 염증이나 통증 억제작용도 한다. 황산 콘드로이친을 섭취하면 통증이 줄어들고 관절 운동 범위가 늘어난다고 한다. 단 콘드로이친 단독 투여는 효과가 작다는 논란이 있다. 관절염이나 관절통증 증상개선을 위해 글루코사민과 같이 복용되는 경우가 많다.

식이 유황(Methyl Sulfonyl Methane : MSM)

유황은 체내에 존재하는 미네랄 중 하나다. 우리 몸 모든 조직의 일부를 이루며 혈액세포, 근육, 피부, 머리카락 등의 조직에 많다. 유황은 메티오닌, 시스테인과 같은 유황 단백질의 형태로 우리 몸에서 다양한 작용을 한다.

정용준 약사의 『내 몸을 살리는 MSM』(모아북스)에 따르면 MSM 섭취에 의한 이득은, 뼈와 근육을 강화하는 작용 외에도 해독작용, 항암 항염작용, 피부보호 작용, 항콜레스테롤 작용, 염증 제거와 살균작용, 이뇨작용 및 변비 억제 작용, 인슐린 조절 작용 등이 있다.

하루 섭취량은 식약처 기준 1500mg이다. 현재 관절 영양제 시장에서 가장 주목받는 성분이다. 아직까지 다른 물질과의 상호 작용이 밝혀진 바 없어 다양한 성분과 조합되어 판매되기도 한다. 한꺼번에 다량 복용 시 위장 장애나 복통이 생길 수 있으니 임의로 양을 늘리지 말고 불편한 증상이 있으면 전문가와 상의해야 한다.

낀 세대의 슬픔

직장에서 친하게 지내던 후배가 퇴사한단다. 2018년 너무 힘든 자리에 있을 때도 함께 일했다. 그런 그녀가 떠나는 빈자리는 왠지 가슴 한구석에 바람이 부는 것처럼 마음이 시리다. 또래보다 강단 있고 결단력도 있는 데다 일도 누구보다 열심히 했는데 새해 벽두부터 퇴사 소식이라니.

내가 구독하고 있는《매경이코노미》기사에 70년대생의 슬픔이 나온다.

∵∴

X세대는 어느새 조직의 중간관리자나 팀장급으로 성장했지

만 과거 선배들이 누렸던 대접은 온데간데없고, 조직원인 MZ 세대로부터는 '젊은 꼰대' 소리를 듣기 일쑤다. 온갖 실무를 도맡아 하고 조직 관리까지 하면서 신구세대 갈등을 온몸으로 받아내는 한마디로 '낀 세대' 신세다.

60년대생인 윗세대는 일단 선배가 하라면 하고 서열에 따라 움직이는 것이 자연스러웠다. 아랫사람, 후배에게 일이든 사적인 것이든 시키는 것이 너무나 당연했던 세대다. 그런데 요즘 90년대생 MZ세대는 일에서도 합리적인 이유가 아니면 움직이지 않는다. 나는 실무를 도맡으며 그들 양쪽의 고충을 한 몸에 느끼는 낀 세대다. 60년대생 A가 하는 일을 90년대생 B가 돕지 않았다. 그 일은 자기 일이 아니었기 때문이다. 못마땅했던 A는 부서장에게 그 일을 보고했다.

이 일 때문에 진짜 성실히 일하던 B는 졸지에 일 안 하는 직원으로 찍혀 억울함이 극에 달했다. A가 먼저 한 번만 도와달라고 했으면 B도 도울 마음은 있었다는데 서로 대화 없이 바로 부서장에게 보고가 되었으니 일이 커졌다. 거기다가 공교롭게도 업무 포지션 상 A와 B가 1년 내내 함께 붙어있어야 했다. 끝이 보이지 않는 싸움이 될 것 같으니 B가 먼저 손을 들었다.

둘 모두를 따로 만나 이야기를 듣다 보면 둘의 입장 모두 이해된다. A의 말인즉 자기는 선배가 시키는 모든 일을 하던 세대인데 요즘 애들(?)은 딱 자기 할 일만 하고 너무 뺀질거린다는 거다. B의 입장은 다르다. A가 도와달라고 요청도 안 하면서 뒤에서는 일을 안 한다고 구시렁거리고, 막상 시키는 일은 정말 왜 해야 하는지 모르는 일만 시킨다고. 완전한 평행선을 달리는 느낌이다.

시니컬한 방송인 이미지로 기억나는 허지웅 씨의 『살고 싶다는 농담』(웅진지식하우스)을 읽었다. 암 환자의 고통을 겪고 난 후, 글 자체에서 밝고 따뜻한 사람으로 변한 게 느껴진다. 책 가운데 이런 대목이 있다.

> 혼자서 살아남기 위한 몸을 만드는 일을 포기한 건 아니다. 그건 버티기 위해서다. 끝까지 버틸 수 있는 사람이 되기 위해 혼자서 살아남기 위한 몸을 만들어야 했다. 하지만 지금은 버틴다는 것이 혼자서 영영 해낼 수 있는 것이 아니라는 걸 안다.
> 당신 옆에 있는 그 사람은 조금도 당연하지 않다. 우리는 모두 동지가 필요하다.

우리 옆의 동료는 결코 당연한 게 아니다. 서로 다르다고 같이 지낼 수 없는 것도 아니다. 세대갈등을 줄이려면 그 세대를 이해하려는 노력이 필요하다. 앞으로 일터에 올 사람들은 MZ

세대인데, 윗세대는 그들의 라이프스타일이나 업무방식을 이해하고 공감해줘야 한다. 기존 방식으로는 좋은 분위기의 일터를 만들 수 없다.

나는 아침에 좋은 책과 글을 천일 넘게 필사 중이다. 이 글을 쓴 날의 아침 필사가 공감에 대한 것이었다.

"공감은 마음의 소리에 깊이 공명하는 것"

시대가 바뀌고 있다. 세대 관계없이 서로 마음의 소리에 공명했으면 좋겠다.

에너지 효율 5등급 그대

드디어 친정집 밥솥이 터졌다. 엄마가 언니 쓰던 걸 받아올 때부터 너무 오래되어 보였기 때문에 딱 봐도 금방 고장이 날 것 같았다.

"내가 사줄게, 어떤 것으로 고를까?"

"웬만하면 1등급으로 골라라. 그게 전기도 덜 먹고 좋대."

그렇다. 가전제품도 에너지 효율이 좋은 것을 고르는데 함께 일하는 직원도 일터에서 제발 좋은 에너지 등급을 가진 사람들이면 좋겠다. 공부머리와 일머리는 엄연히 다르다. 공부를 잘했다고 일도 잘하길 바라는 것 자체가 오류다.

내가 속한 조직은 학교 다닐 때 공부를 꽤 했다고 자부하는 사람들이 모인 곳이다. 그런데 약사 자격으로 회사로 간 사람을 제외하고 약국 약사나 병원 약사가 하는 일 자체는 몸을 쓰는 일이 많다. 나도 처음 약국에 취직했을 때 생각보다 많이 서있어서 다리가 아프고, 쉴 새 없이 복약 지도를 하니 목이 아팠다. 약을 조제하기 위해 분주하게 움직이다 보면 자주 몸살 기운을 달고 살게 된다.

공부를 잘해서 쭉 학계로 나갔어야 할 사람이 지금 우리 일처럼 몸 쓰는 데 오면 영 맥을 못 춘다. 일할 때는 엄청 느리다가 학술적인 이야기가 나오면 눈빛이 반짝이는 R은 학계로 갔어야 했다. 같이 일하는 내 동료가 에너지 효율이 떨어진다면 그냥 내가 조금 더 일하면 된다. 조금 힘이 들지만, 그 사람 나름은 그게 최선일 수 있으니까.

그런데 문제는 일 못 하는 사람이 의사 결정이 가능한 책임자 자리에 간 경우다. 이들은 일에 있어 매우 비효율적인데 심지어 그 비효율적인 절차를 우리에게 권해서 모두의 사기와 에너지를 떨어뜨리기 때문이다.

프로세스 1: 평소 하는 규칙적인 업무.
수많은 날 중 어쩌다 하루, 하필 누구 하나가 간단한 실수를 저지른다.

프로세스 2 : 역추적해서 실수의 주인공을 찾는다. 이때 당사자에게 주의를 주고 보고서도 쓰지만, 재발 방지 명목으로 또 하나의 단계를 만든다.

프로세스 3 : 마침내 추가된 한 단계는 모든 사람이 지켜야 하는 룰이 된다.

재발 방지 좋다. 하지만 엉뚱하게 만들어진 쓸데없는 단계는 더 많은 일로 연결된다. 최근에도 똑같은 프로세스를 거치며 하나의 사건이 새로운 단계를 만들어냈다.

물건 하나가 없어졌는데 증거도 못 찾았고, 누가 그런지도 몰라 최종적으로는 쓰레기와 섞여 분실된 것으로 결론이 났다. 평소 청소 이모님이 하시던 일, 즉 책상 옆 쓰레기통의 쓰레기를 매일 묶어서 버리는 일이 그 자리에서 일하는 사람의 몫이 되었다. 이외에 다른 업무도 복잡한 절차가 계속 추가되는 경우가 많다. 책임자급이 한번 결정을 내린 이상, 아무리 다르게 하자고 이야기해도 그 방법이 맞다고 주장하니 방법이 없다. 일하는 실무자 입장에서 한 번만 더 생각하면 무엇이 더 효율적인지 알 수 있을 텐데.

책임자 입장에서는 업무 단계를 효율적으로 바꾸자는 제안이, 일개미인 을이 휴식 시간을 늘리기 위한 꼼수로만 보이니 더 이상 대화가 안 된다. 복잡한 단계가 생산성을 떨어뜨린다는 것을 왜 모를까.

에너지 효율 등급 5단계의 그대여, 제발 다른 사람 에너지까지 잡아먹지 맙시다.

고효율까지 바라지 않을 테니 비효율은 지양하자고요.

인생약사의 올바른 약정보

안 통한다 안 통해!

혈액순환 영양제

뭔가 꽉 막히고 안 통하는 것 같은 증상(손발 저림, 손발 냉증, 부종 등)을 두고 사람들이 혈액순환이 잘 안 되는 것 같다고 한다. 심장은 펌프 역할을 하면서 온몸으로 혈액을 내보냈다가 다시 노폐물을 간이나 폐로 보내 걸러준다. 평생 우리 몸에서 단 한순간도 쉬지 않고 일하는 심장, 그리고 혈액의 통로 혈관. 심장이나 혈관의 혈행을 건강하게 유지하려면 어떤 성분들이 도움이 될까?

은행잎 추출물

혈행 개선에 도움을 주는 건강기능식품이라는 타이틀로 가장 많이 들어본 것이 바로 은행잎 추출물이다. 은행잎 추출물에 있는 플라보노이드라는 성분은 말초 동맥 순환장애, 기억력 감퇴, 인지저하, 감각신경 질환 등에 효과가 있다고 알려져 있다. 또 혈소판의 응집을 억제해 혈전 형성도 방지한다. 내이의 혈행 장애를 개선해 이명이나 어지럼증에도 사용된다.

주 효능인 말초 동맥 순환장애를 개선한다는 은행잎 추출물은, 손발 등 우리 몸 끝 쪽에 분포한 말초 동맥의 순환을 도와 손발 저림이나 냉증에 도움이 된다. 단, 항혈액 응고제를 약으로 먹고 있는 사람이면 이런 은행잎 추출물을 같이 먹을 때 출혈 경향이 증가할 수 있으니 주의한다.

오메가3

우리가 오메가3라 부르는 영양제는 EPA와 DHA 두 가지 종류의 지방산으로 구성되어 있다. 오메가3는 중성지방이 간에서 합성되는 것을 막고 혈액 응고를 억제하여 혈행 개선에 도움을 준다. 주로 생선에서 추출한 기름의 일종이며, 기름이기 때문에 산패를 조심해야 한다. 산패는 유기물인 지방이 공기 속 산소, 빛, 열, 세균, 효소 따위에 의해 가수분해되거나 산화되어 여러 산화물이 만들어지는 것을 의미한다. 유통기한이 임박해 싸게 파는 오메가3를 구입하면 안 되는 이유이기도 하다.

오메가3를 만드는 원료 혹은 완제품 자체가 IFOS(International fish oil standard)라는 기관에서 인증받은 것을 확인하는 것도 양질의 제품을 판단하는 기준이 될 수 있다. 최근에는 rTG 오메가3라는 이름이 붙은 제품이 많이 나온다. 고순도를 유지하면서 생체이용률과 흡수율을 높인 제품 형태다.

오메가3는 하루 EPA와 DHA의 합으로 1~2g을 보충해주는 것이 좋기 때문에 표시성분을 보고 한 알에 들어있는 함량을 제대로 읽어야 한다. 단 하루 3~4g의 오메가3 제품 섭취는 은행잎 추출물처럼 출혈 경향을 증가시킬 수 있다.

마그네슘

마그네슘과 같은 미네랄은 음식에 포함되어 있어 채소나 견과류를 잘 챙기고 술, 커피 등을 즐기지 않으면 부족한 경우가 드물었다. 하지만 서구화된 식습관, 스트레스로 인한 소변으로의 배출, 땀으로 배출되는 양도 있어 마그네슘 보충제가 필요한 경우가 늘었다.

마그네슘은 몸속에서 네 번째로 많은 미네랄로, 약 50~60%가 뼈나 치아에 인산마그네슘이나 탄산마그네슘 형태로 존재하며 나머지 40%는 근육이나 뇌, 신경에 존재한다. 생체 내에서 300여 종 이상의 다양한 효소에서 조효소로 작용함으로써 에너지 생산과 해당과정 등의 당 대사, 단백질 합성, 혈당 조절, 혈압 조절, 근육 및 신경 기능 등의 반응에도 참여한다. 또 혈관의 확장을 도와 혈액순환에 도움을 줄 수 있다. 혈관의 수축 억제, 근육의 움직임에도 관여한다.

고함량 비타민B군

손발이 저린 경우 신경 장애가 원인일 수 있다. 이럴 땐 신경세포를 위한 비타민B1(티아민), 비타민B6(피리독신), 비타민B12(사이아노코발라민)가 특히 중요하다. 권장량보다 고함량으로 들어있는 비타민B군 영양제의 섭취가 도움된다.

그녀는 늘 3시 50분에 사라진다

직원 Y는 독특한 버릇을 가지고 있었다. 우리 일은 위생에 특히 신경을 써야 한다. 보통의 경우, 일이 끝나면 벗는 위생 장갑을 그녀는 일이 끝나도 잘 벗지 않았다. 그리고 한 번씩 혼잣말이라 하기에는 너무 큰 소리로 시계를 읽기도 했다.

"벌써 시간이 됐네, 열 시."

처음에는 중요한 일이 있나 쳐다봤는데, 계속 같이 있다 보니 우리가 듣기를 바라고 한 말은 아니었다. '시간에 대한 강박이 있구나'라고 느낀 것은 늘 똑같은 시간에 그녀가 화장실을 갈 때였다.

"저 화장실 다녀와요."

정확히 오후 3시 50분에 그녀는 화장실에 갔다. 물론 진짜 화장실에 가는지는 모르지만, 그 시간에는 의식을 치르듯 자리를 비웠다. 또 다른 사람이 준 간식(사탕, 과자 등)은 안 먹고, 자신이 싸온 것만 먹었다. 가끔은 다른 사람이 준 걸 먹기도 했는데 그 간식거리의 공통점은 모두 완포장 제품이었다. (1인분 포장된 과자, 팩에 든 커피나 우유 등) 우리가 설마 간식에 뭘 넣는다고 생각하는 건 아니겠지?

그녀의 행동이 기억나는 이유는 따로 있었다. 가끔 훅 치고 들어오는 한방에 많은 이들이 쓰러졌기 때문이다. 30대 초반인 S에게 이런 말도 서슴지 않았다.

“40대인 줄 알았어. 푸하하하.”

나이 많고 연차가 높은 직원이라 화가 나도 다들 발끈하고 마는 수준이니, 자신의 말에 상처받는 사람이 있다는 사실도 몰랐다. 심지어 갑자기 나에게 집을 샀는지 물어봐서 이걸 왜 물어보나 하니, 대답도 하기 전에 “우리 집 4억이나 올랐잖아” 하며 콧노래를 부르는 이였다.

그녀의 강박적인 행동 자체가 우리에게 어떤 영향을 미치지는 않았다. 그냥 특이한 사람 정도로 이해했으니까. 시간이나 음식 위생에 대한 강박은 그렇다고 쳤다. 단, 한 번씩 남들이 어떤 기분인지 생각하지 않고 내뱉는 말들은 상대에게 마상(마음의 상처)을 입히기에 딱 좋았다. 같이 있으면 에너지가 쭉 빨려 나가는 사람, 다들 겪어본 적 있을 것이다. 기분 좋게 출근했는데 '피곤해 보인다'라고 해도 될 말을 '늙어 보인다'고 하는 사람. 우리 부서에 10년 가까이 근속하는 이여서 그가 나보다 먼저 나갈 일은 없으리라 생각하니 더 우울했다.

나는 그즈음 매일 아침 '나는 좋은 사람이다. 내 주위에 좋은 사람만 가득하다'를 되뇌며 긍정 확언으로 하루를 시작하기 시작했다. 확언 덕분인지 나 스스로 조금 더 좋은 사람이 된 듯 느껴졌다. 그사이 소소하게 이벤트 당첨도 잘되고, 좋은 인연으로 다양한 사람들도 알게 되었다.

그렇게 3개월이 지난 어느 날, 별안간 사내 게시판에 대대적인 직원 이동이 공지되었다. 그때 내 눈을 의심했다. 그녀가 다른 부서로 발령받은 것! 매일 이 부서는 너무 힘들고, 나니까 여기 있다던 그가 다른 부서로 배치된 것이다. 더구나 Y 대신 새로 오는 직원은 예전에 우리 부서에 있던 이라 업무도 잘 알 뿐 아니라 성격도 좋은 긍정의 여왕인 것!

물론 내가 마음속에 긍정의 말을 품었다고 Y의 부서가 변동되었다고 생각하지는 않는다. 누군가는 마침 부정기적인 인사이동이 있었고, 마침 그 대상이 되었을 거라 말하기도 했다. 하지만 나 스스로는 '마음에는 힘이 있다'는 사실을 알게 해준 사건으로 기억한다.

내가 좋은 사람이 돼야 좋은 사람을 끌어당긴다.

오늘부터라도 나부터 좋은 사람이 되어보자.

혹시 아나? 놀라운 행운이 함께할지.

어느 정리병자의 예언

내 첫 직장생활은 애증의 연속이었다. 무수히 깨지고 인격이 갈리는 순간도 있었지만, 재밌는 추억도 많았고 사람들이 좋았다. 부서 막내로 보낸 2년의 세월 후 퇴사했지만, 워낙 사람을 좋아해서 당시 부서 사람들과 아직도 연락하고 지낸다. 그중에는 가끔 날 힘들게 했던 대표님도 있다. 일로 만나 힘들었지만, 일터 밖에서는 인격적으로 좋은 분이기에 인연이 이어지나 보다.

그곳을 나온 지 20년. 최근에는 은퇴한 대표님의 집들이도 다녀왔고, 그분을 주축으로 한 OB 모임(old boy : 퇴사자 모임)에 얼결에 합류하게 되었다. 워낙 다닌 기간이 짧아서 그 모임에 아는 사람은 대표님과 다른 한 분뿐이라 살짝 긴장했지만 새로운 사람들과의 만남 자체는 즐거웠다.

만남 이후 단체 카톡방에 초대되어 인사를 나누었다. 그런데 나를 아는 체하는 이를 발견했다. 분명 나는 그분과 같이 일한 적이 없는데 어떻게 나를 알까 몹시 궁금했다. 그때, 그가 보낸 카톡을 보는 순간 머리가 띵! 했다.

늘 궁금했던, 네이버만큼 영향력 있는
'염파일 폴더'의 주인공이시네요.

평소 자료 정리를 좋아해서 누가 시키지 않아도 파일을 잘 만들어두긴 했는데, 도대체 난 무엇을 남긴 것일까. '네이버만큼 영향력 있는~'이라는 말이 왠지 블랙리스트 같은 것인지 의심스럽다. 문제는, 내가 아무리 머리를 굴려도 절대 기억나지 않는다는 것! 심지어 4년 다니고 나온 옛 직장에서도 퇴사한 지 8년 만에 문자를 한 통 받았다.

염 유물 발견!
정리하다 발견했는데 이 그림이 아직도 남아있네요.

이렇게 갑자기 한 번씩 퇴사한 곳에서 내 흔적이 발견된단다. 복약 지도서 위에 내가 그린 그림이 빼꼼히 날 쳐다보고 있는 걸 사진으로 확인하니 기분이 묘했다.

지금 다니는 회사에서도 계속 '염파일' 생성 중이다. 누가 만들라고 시킨 것도 아닌데 나 보기 편하게 정리하다 보면 어느새 새로운 염 버전을 완성하고 마는 것. 아무도 알아주지 않고 하라고 시키지도 않았는데 혼자 좋아서 이러는 걸 보면, 정리 병이 있는 게 확실하다. (이 병은 회사에서만 발동된다. 집은 아니다. 우리 집은 절대 오지 마시라!)

직장을 언제까지 다닐지는 모르지만, 여기서 만든 파일도 엄청 많으니 분명 그 언젠가 나는 이런 문자를 또 받게 될 것이다.

유물 발견! 염 파일이 나타났어요.

같이 일하는 이들이여, 기억해라.
잊을 만하면 분명 내가 떠오를 거다.

인생약사의 올바른 약정보

마음에 안정을 주는 약

우황청심원 vs 천왕보심단(안정액)

지금 불안·초조한가? 마음이 안정되지 않나? 인스타그램 사진들에 #설렘주의라고 태그가 붙지만 사실 매일 가슴이 두근거린다면 심장에 문제가 있는지 확인해야 한다. 우리의 불안은 보통 큰 시험이나 결혼, 발표 등을 앞두고 있을 때 발동한다. 이럴 때 사람들이 많이 찾고 알려진 것이 우황청심원. 다른 하나는 천왕보심단(안정액)이다.

우황청심원

조선 시대에 만병통치약으로 사용되었다는 우황청심원.

2022년 1월 11일 자 한국경제 신문기사에 따르면 일반의약품인 우황청심원이 지난해 매출 실적 기준으로 연 매출 500억을 돌파했다. 처방 없이 살 수 있는 일반의약품이 500억을 넘었다는 것은, 우황청심원이 일반의약품 판매 감소추세를 역행하는 베스트셀러 약재라는 것을 보여준다. 하지만 그만큼 코로나 시국에 불안증이 늘었다는 증거이기도 하다.

우황청심원은 이름처럼 청심(淸心), 즉 마음의 열을 가라앉히는 약이다. 약 25종의 생약 처방으로 이루어져 있는데, 핵심 약재는 우황과 사향이다. 우황은 소의 담낭 및 담관에 생긴 결석을 건조해 만든 약재이며 빌리루빈, 타우린 등을 함유한다. 한편 사향은 수컷 사향노루의 사향 주머니 속 분비물을 말린 것이다.

식약처에서 인정한 우황청심원의 효능효과는 뇌졸중(전신불수, 수족불수, 언어장애, 혼수, 정신 혼미, 안면 마비), 고혈압, 두근거림, 정신 불안, 급만성 경풍, 자율신경실조증, 인사불성 등이다. 약재 특성상 심장 박동을 줄이고 혈압을 낮추는 효과가 있어, 심장 기능이 약하거나 저혈압이라면 복용 시 전문가와 상담이 필요하다.

약국에서 파는 우황청심원은 가격대가 다양하다. 이 가격 차이는 원방인가 변방인가 또는 사향인가, 사향의 대체품을 썼느냐의 차이이다. 원방은 동의보감 처방대로 구성한 것으로 우황 45mg, 사향 38mg이 들어있다. 변방은 주성분인 우황과 사향의 함량을 줄이고 처방 일부를 변경한 것이다.

또 사향이라는 재료가 워낙 고가이다 보니(현재 사향노루는 멸종 위기종), 사향을 대체할 대체품을 쓰기도 한다. 사향 고양이의 향선낭 분비물을 추출 건조한 '영묘향', 합성으로 만든 사향인 'L 무스콘'이 그것이다.

보통 액상형은 행사 30분~1시간 전에, 환 형태는 1~2시간 전에 복용이 권장되나, 처음 복용하는 사람은 다른 날 미리 복용해볼 것을 권한다.

약이든 영양제든 분명 개인차가 존재한다. 과한 진정 작용으로 머리가 멍해진다거나 나른한 상태가 된다는 사람도 가끔 있기 때문이다.

안정액

안정액은 제품명이고 실제는 **천왕보심단**이라는 약제다. 이름처럼 **보심(補心)**, 즉 마음을 보강해주는 약이다. 생지황, 황련, 석창포, 원지 등 14가지 약제로 구성되어 있다. 원지는 기억력에 관여하는 '아세트콜린'이 분해되는 것을 막아 인지기능을 개선시켜 집중력 향상에 도움이 되게 한다. 또 열을 식혀주는 성분, 혈액을 보충해주는 성분도 있어 다양한 원인으로 생겨나는 심리적 불안, 중압감 해소에 도움을 준다. 불면, 불안, 초조, 목마름, 두근거림, 숨참, 신경쇠약, 건망증, 번열(가슴이 답답하고 열이 나는 증상 등)에 효능효과를 인정받았다. 보통 액상 형태로 나온 천왕보심단은 1일 1회 취침 전에 복용한다.

우황청심원은 과도한 긴장에 정신을 안정시킬 때, 마비 증상의 완화, 갑작스러운 사고로 놀란 경우, 스트레스로 진정이 안 될 때 급하게 일회성으로 복용하는 것이 좋다.

반면, 두근거림의 원인 자체가 피로의 누적, 진 빠짐, 체력 저하로 집중이 잘 안 되거나 위장기능까지 떨어진 상태라면 천왕보심단을 추천한다.

나의 안티 친구들을 소개합니다

회사생활에서 중요한 것은 적을 만들지 않는 것. 하지만 내 회사생활을 힘들게 하는 안티들이 회사 곳곳에 포진해 있다. 꼭 필요하기에, 버릴 수도 없고 내칠 수도 없다. 결국 난 그들과 친구가 되어야 한다. 나보다 더 갑 위치에 있는 그들, 나의 안티 친구들을 소개한다.

데스크톱 컴퓨터

병원에서는 입원 환자들을 위해 자동으로 설정된 시간 간격에 맞춰 약 처방을 '마감'한다. 이 마감이란 담당의사가 전산으로 환자 약에 대한 처방을 입력하면 병원 안 약국에서 처방전이

나와 그 환자의 약을 조제하는 것이다.

외래 환자가 진료를 보고 약을 타기 위해 약 처방전을 받아 외부 약국에서 약을 타는 것과 같은 시스템이다. 차이라면 병원 안에서 약을 타느냐 밖에서 타느냐는 건데, 병원은 입원 환자가 워낙 많고 24시간 병원에 상주하며 급격하게 위중한 상황도 발생하기에 약 처방이 수시로 필요하다.

각 병원마다 처방 마감의 설정 시간이 다르다. 우리 병원은 5분마다 처방 마감된다. 하지만 입원 병동에서 급하게 약을 찾을 때는, 처방을 검토하고 컴퓨터 모니터에서 '마감'이라는 걸 수동으로 눌러야 처방전 프린터와 자동 조제기계가 같이 움직인다. 이렇듯 전산 처리 업무가 많으니 입원 환자가 24시간 있는 병원 약국에서 컴퓨터를 끌 일이 없다.

워낙 컴퓨터를 많이 쓰니 당연히 과부하가 걸려 데스크톱 컴퓨터가 멈추는 일은 다반사. 그런데 멈추는 타이밍이 절묘하다. 가끔 이 녀석이 인공지능인가 의심되는 이유는, 병동에서 입원 환자의 약을 다급하게 찾을 때 절묘하게 딱 멈추기 때문이다. 내 앞에 약을 타러 온 간호조무사나 간호사가 서있는데, 컴퓨터 화면이 멈추고 먹통이 된다. 이럴 때는 재부팅마저 오래 걸린다. 어디서 타는 냄새 안 나요? 내 속만 까맣게 타들어 간다.

자동 조제기계

약국에서 약 이름이나 환자 이름이 프린트된 포장된 약을 받는다면, 그 약국에 자동 약 조제기계가 있기 때문이다. 이 자동 조제기계도 반자동과 완전 자동이 있다. 반자동은 약사가 직접 투입구에 약을 넣어야 약이 포장되는 형식이다.

지금 병원에는 완전 자동 조제기계 ATDPS(Auto Tablet Dispensing Packaging System)가 있다. 조제기계 안에는 '카세트'라 부르는 작은 통들이 있고 여기에 약을 부으면, 처방전에 따라 약이 나온다. 약사는 이렇게 나온 약이 처방대로 제대로 들어있는지, 이물질은 없는지 확인하는 일을 하는데 이를 '검수'라고 한다.

그런데 가끔 약이 사라지고 빈 포장지로 나올 때가 있다. 특히 향정신성 의약품이 사라지면 초긴장 상태! 향정신성 의약품은 사람의 중추신경계에 작용해 오용이나 남용 시 심각한 위해를 줄 수 있는 약품들이다. 우울, 불안, 긴장 등 신경정신과 약에 주로 들어가는 약은 향정신성 의약품이 많고 식의약처에서 관리하는 품목이라, 매일 개수를 세는 약인데 한 알이라도 사라지면 큰일이다. 오랜 경험상 당황하지 말고 기계를 열어 내부까지 들여다봐야 한다. 마치 일부러 숨긴 것처럼 기계 사이에 끼어있는 약을 찾으며 드는 생각. 너 혹시 긴장하고 있니? 너도 이 약이 필요한 거니?

에어컨

병원 약국은 24시간 4계절 내내 에어컨이 돌아간다. 이유는 바로 약 보관 온도 때문. 실내 온도나 습도가 올라가면 습기에 약한 약들은 영향을 받는다. 약이나 영양제 모두 실온 보관, 냉장 보관, 냉동 보관 등 각각의 보관 온도가 정확하게 명시되어 있다. 유효성분의 약효나 효과를 보장받으려면 온도 관리는 필수다.

그런데 이상하게도 여름만 되면 에어컨이 자주 고장 난다. 약은 나보다 갑이다. 나는 땀을 질질 흘리며 약이 담긴 카트를 끌고, 에어컨이 고장 나지 않은 곳으로 '약님'을 안전하게 옮긴다. 약들은 에어컨이 빵빵하게 나오는 세상에서 안정을 되찾는다. 반면 나는 강제로 한여름에 찜질방을 다녀온 기분이다. 작년 여름에도 이틀간 에어컨 고장으로 더위와 사투를 벌였다. 겨우 고치고 진정이 되니 에어컨이 얼마나 고맙던지.

널 한시도 잊은 적 없어.

날 땀나게 한 건 네가 처음이야.

이밖에도 다양한 기계들이 나의 안티 친구, 안티 동료다. 일하려다가 멈추게 되는 다양한 원인이 사람이 아니라 기계 문제일 때가 많다. 생각해보면 나의 안티들은 모두 24시간 풀타임 근무다. 입원 환자가 24시간 상주하는 통에 단 몇 분도 쉬지 못한다. 사람도 오래 일하고 쉬지 않으면 과부하가 걸리듯 이 녀석들도 쉬고 싶다고 반란을 일으키나 보다.

그래, 내가 비록 안티라고 부르지만 너희 없으면 일도 못 하지. 잘해보자, 우리. 계속 잘 부탁해.

직장인의 삶은 결국 정글 탐험

누군가 내게 물었다. 왜 그렇게 열심히 사느냐고. 나는 열심이라기보다는 내 삶에 주어진 일을 묵묵히 해내며 앞으로 전진했을 뿐이다.

친정엄마는 본인 사주를 보면 늘 사업 운이 있다는 말을 들었단다. 하지만 정작 자신은 사업은커녕 단 한 번도 돈을 벌어본 적이 없다. 주부로 우리 자매의 엄마로 살면서 가정을 잘 이끌어간 일이 최고의 사업이었다.

하지만 나는 어찌 된 일인지 일하지 않는 삶을 상상할 수가 없다. 첫 직장에서 마케터로 일했을 때도, 다시 공부하고 다른 직업을 갖고 아르바이트, 계약직, 정규직을 두루 거치는 그 어느 순간도 나는 일을 놓고 싶지 않았다.

예전에 사귀던 남자친구와 결혼 이야기가 나왔다. 생활비를 500만 원씩 줄 테니 집에서 어머님을 모시고 집안 살림만 하라고. 내 월급보다 훨씬 많은 돈을 생활비로 준다는 그. 하지만 나는 일하지 않고 집에서 살림만 하는 내 모습을 상상할 수 없었다. 이런저런 이유로 헤어졌지만 단 한 번도 후회하지 않았다.

조금 까칠하지만 나만 사랑해주는 신랑, 장난꾸러기 아이들과 '맞벌이 부부'라는 타이틀로 살면서 힘들고 피곤해도 소소한 일상의 행복을 누리며 살고 있다. 직장인으로 사는 내 삶을 생각해봤다. 나는 왜 이렇게 힘든 길을 가고 있을까. 정글 같은 직장에서 버티고 살아남고, 다시 일어서서 또 다른 곳에서 다시 상처받고 다시 일어서고. 어디서든 갑이 되지 못하고 을의 입장, 병의 입장으로 살면서 말이다.

내 개똥 철학은 아주 단순하다. 직장인으로 견디고 버티고 이겨내고 있는 이 자체가 그저 내 삶의 일부다. 가끔 튀어나오는 진상 같은 사람들도 있고, 나와 동지애를 나누는 사람들도 있고 상식으로 이해되지 않는 사람들도 있지만, 그럼에도 나는 사람이 좋다. 나는 혼자 있는 시간을 좋아하지만, 여러 사람과 어울려 그들로부터 에너지를 얻고 치유하는 모든 순간이 즐겁고 행복하다.

내가 아는 E도 그랬다. 이 지겹고 힘겨운 상황 속에서도 퇴사라는 결정을 내리지 않는 것은, 사람들과 어울리는 시간과 사람 자체가 좋기 때문이라고. 직장이라는 울타리에서 일할 수도 일하지 않을 수도 있지만, 결국 우리는 어디에서든 사람을 통해 생긴 상처를 사람을 통해 치유받는다.

사람은 혼자 살 수 없다.

2002년에 개봉한 〈어바웃 어 보이〉라는 영화가 있다. 영화 초반 "인간은 섬이다"라는 대사로 시작해서, 영화 맨 마지막에 "사실, 인간은 연결된 섬이다"라는 대사로 끝난다.

직장생활이 정글 같고 정신없다면 그냥 우린 연결된 섬들 사이 그 어딘가 정글을 헤매고 있다고 생각하자. 빠져나가고 싶다고? 사실 방법이 없다. 직장을 나가서 일을 하지 않는다 해도 또 다시 다른 인간관계, 다른 사회관계에 속하게 되는 순간 다른 새로운 정글에 들어가기 때문이다.

문제없는 인생도 없고 문제없는 직장도 없다. 그래도 못 참겠으면 다른 곳, 다른 섬, 다른 정글로 들어가라. 또 다른 모험이 기다릴 것이다. 딱 하나만 가지고 가는 거다.

'나는 무엇이든 해낼 수 있다'라는 결심 하나. 그리고 '어떤 어려움도 내 삶의 일부'임을 받아들이는 것.

인생약사의 올바른 약정보

내가 먹는 영양제는 효과가 없어요

영양제 효과 늘리는 법

사회생활이 정글이라면 영양제를 선택하기 위해 고민하는 일도 작은 정글 속에서 헤매는 것과 같다. 내 몸에 맞는 성분을 겨우 알았다고 생각하는 순간, 수많은 회사에서 나오는 동일 성분 제품들을 만나게 된다. 그나마 고민을 덜 하려고 전문가와 상담까지 해서 구매 성공! 이제 남은 일은 사 온 영양제를 먹고 효과를 보는 일뿐이라 생각해쒀! 헉! 그런데 영양제 효과가 없는 것 같다. 내 몸은 전혀 달라진 게 없다? 다른 회사 제품으로 살 걸 그랬나? 귀찮은데 아예 먹지 말까? 여기서 당신이 놓친 것은 무엇인가?

영양제 복용 시간은 잘 지켰나?

음식은 영양제의 흡수에 영향을 준다. 지용성 비타민인 A, D, E, K와 지용성 성분인 오메가3 지방산은 식후 복용이 좋다. 소장에서 흡수될 때 지방 성분과 같이 흡수되면 효과가 증가한다. 따라서 지방질이 많은 음식과 같이 먹을 때 이 성분들은 흡수가 더 잘된다.

한편 칼슘도 식후에 복용하는 것이 좋지만 고함량 칼슘제는 갑상선 호르몬, 철분, 골밀도 증가제 등의 흡수를 방해하므로 같이 먹지 않도록 주의한다.

철분, 엽산, 비타민B 복합제, 프로바이오틱 유산균은 공복에 복용하는 것이 좋다. 단 비타민B군 특유의 냄새가 불편하거나 철분을 먹고 위장 장애가 걱정되는 사람은 식후에 먹자.

유통기한, 저장 방법은 잘 지켰나?

약품과 영양제도 유통기한이 있다. 유통기한은 제품이 실제 유통되는 기간을 의미한다. 〈대한약전〉에 보면 약의 유통기한이란 약의 주성분 효능이 90%에 이르는 기간을 의미한다.

일반의약품이든 건강기능식품이든 유통기한이 얼마 남지 않은 제품은 사지 않는 게 좋다. 특히 산패되기 쉬운 오메가3와 같은 제품은 아무리 싸게 팔더라도 유통기한이 임박한 제품은 피하는 게 좋다. 또한 냉장 보관, 직사광선을 피해 서늘한 곳 보관, 이런 식으로 제품 저장 방법이 표기되어 있는데 이를 잘 지켜야 한다.

유통기한을 정하는 실험실 환경은 온도나 습도를 바꾼 여러 환경을 설정해 정해지긴 하지만, 집마다 온습도 환경이 다르므로 유통기한까지 먹는다고 생각하지 말고 더 일찍 먹는 게 좋다.

또한 가끔 어르신들이 냉장고를 만능 저장고로 알고 영양제도 무조건 냉장고에 보관하는데 이는 잘못이다. 냉장 보관 제품 외에 대부분의 실온 제품은 직사광선을 피해 실온에 보관한다. 영양제별로 적정 온도가 다르고 냉장고 문을 여닫으면서 생기는 온습도 차로 변질되기 쉽다.

일전에 병원에서 환자가 처방받은 마약성 진통 패치가 없어졌다고 소란을 피운 적이 있다. 알고 보니 약봉지째로 냉장고에 넣으면서 패치도 냉장고에 넣어두고는 약을 못 받았다고 했던 사례였다. 비싼 돈을 주고 산 제품인데, 유통기한과 저장 방법을 간과하는 우를 범하지 말자.

적정용량을 먹고 있는가?

앞 챕터에서 영양제의 적정량에 대해 언급했다. 흔히 우리가 아는 권장량은 결핍증이 생기지 않는 최소량이기 때문에 이 정도는 먹어야 한다는 양이다. 실제 몸에서 효과를 보려면 최적량의 섭취가 필요하다. 최적량은 부작용은 없으면서 효과가 많이 나타나는 양이다. 물론 최적량에 대해 전문가마다 조금씩 의견이 다르고, 개인별로 최적량 차이가 있지만 영양제 효과가 없다고 느낀다면 의심해보라. 혹시 내가 너무 적게 먹고 있는 것은 아닌지.

실제로 비타민C의 권장량은 19-64세 기준 100mg이지만, 제품화되어 나오는 비타민C 한 알은 보통 1000mg이고 상한선은 2000mg으로 둔다. 하지만 비타민C 메가 도즈 용법은 하루 최소 6g 이상의 비타민C를 권한다.

오메가3(EPA+DHA 유지)도 충분 섭취량은 150-500mg이지만, 보통 전문가들은 최적량으로 1000-2000mg의 오메가3를 권한다.

물론 개인차가 있음을 기억해야 한다. 각자의 최적 섭취량은 족집게 도사도 정확하게 수치화할 수 없다.

영양제를 통해 이전보다 몸이 좋아졌다고 느낀다면 적당량을 먹고 있는 것. 여기에 바른 식습관과 생활습관까지 갖춘다면 금상첨화다.

약물이나 질병의 상호 작용을 고려하였나?

젊고 건강한 성인의 경우 영양제를 먹고 몸이 나아졌다는 것을 느끼지 못할 수 있다. 직장인 대상 영양제 강의를 하는 도중 뭘 먹어도 효과가 없다는 분이 계셨다. 나이를 물어보니 20대 중반이고 평소 운동도 열심히 한다고 했다. 워낙 건강하다 보니 효과를 느끼지 못할 만했다. 흔히 영양제를 먹으면 갑자기 기운이 펄펄 나리라 생각하는데, 최적의 건강상태란 아무렇지 않게 지내는 것이다. 건강한 사람은 코로나19에 걸려도 감기를 앓은 것처럼 지나갈 수 있다. 하지만 기존에 복용하던 약이 있거나 질병 때문에 건강에 이상이 있다면 같은 영양제를 먹어도 주의가 필요하다.

수용성 비타민 중 비타민C는 이전에 요로 결석이 있던 사람의 결석 확률을 높인다. 비타민B3는 니아신과 니아신아미드 형태가 있는데, 니아신 형태로 섭취 시 통풍약의 효과를 떨어뜨려 통풍을 악화시킬 수 있다. 비타민A는 임신부의 경우 5000IU(=1,500μg RE) 이상은 상한 섭취량이다(우리나라 기준). 철분제는 위장염이나 위궤양을 악화시킬 수 있다.

건강하기 위해 먹는 영양제로 인해 오히려 건강을 해치고 있는 것은 아닌지 스스로 점검·확인이 필요하다.

3장

갑맛 맛보기

이웃집 유치원생이 내 동료?

직장 동료들이 점심식사 후 부서 휴게실에 모였다. 근무복을 갈아입는 휴게실은 옷도 갈아입고 수다도 나누는 곳이다. 남자 직원 하나 없는 우리 부서의 점심식사 후 풍경은 딱 찜질방 수다모임 분위기.

원래 삼삼오오 모여 점심을 먹고 산책을 하던 시절도 있었다. 하지만 지금은 한층 강화된 코로나19 지침 덕에 구내식당에서 간단히 하는 식사가 일상화되어 더욱 갈 곳이 없어졌다. 그렇기에 더욱 휴게실에서 다양한 이야기가 오간다. 아이가 있는 이들의 육아와 교육 문제부터 우리가 먹는 영양제 이야기까지. 실제 약사들끼리 모여 어떤 성분이 더 효과가 좋다는 논쟁을 벌이기도 한다. 어떤 유산균이 더 좋다더라, 그건 효과가 별로 없다는 둥. 이런 이야기를 나눌 때 경력이나 나이가 다르다는 걸 느낀 적은 없다. 하지만 서로 세대가 다르다는 사실을 확실히 느낄 때가 있다.

이를테면 나는 '국민체조' 세대다. 국민체조 특유의 전주만 들어도 몸이 저절로 움직인다. 초등학교 학생 때부터 얼마나 많이 들었던 음악과 율동인가? (가끔 아는 노래에 몸이 저절로 움직이는 걸 보면 잠재의식이 무섭다.)

그런데 30대 초반 약사들은 나랑 배운 체조가 다르다! 그 이름도 생소한 '새천년 건강체조!' 사전에 따르면, 이 체조는 "쉽고 운동의 효과도 큰"이라고 쓰여있다. 당연히 나는 '쉽고'만 읽고, 쉬운 줄 알고 따라 해보았다.

새천년 건강체조 : 국민 체육 진흥 공단이 1999년에 현대인의 생활 방식에 맞추어 만든 건강체조. 국민 건강을 증진하기 위해 우리나라 고유의 가락과 몸동작을 활용하여 만들었으며, 따라 하기 쉽고 운동의 효과도 큰 체조이다.
_국립국어원 우리말샘

"아악~" 따라 하다가 죽을 뻔했다. 시작은 천천히 하다가 서서히 속도를 올리고, 발차기까지 나오는데 너무 어려웠다. 역시 나는 국민체조 세대다. 이처럼 학교 때 배운 운동 이야기 같은 사소한 것을 통해, 난 결국 진실을 깨닫는다!

나와 가장 나이 차이가 있는 약사는 내가 대학교 1학년일 때 유치원생이었다! 그걸 안 이후, 왠지 지나가는 초등학생도 다른 느낌이다. 저 아이가 크면 나랑 같이 일할 수도 있겠지? 아, 세월의 무상함이여!

서로 말이 잘 통할 때도 있지만 말이 안 통할 때도 있는 것은, 각자 살아온 시대와 배경이 다르기 때문이리라. 지금부터라도 유치원생 이웃을 잘 대해줘야겠다.

자자, 주위를 둘러봐라. 지나가는 유치원생 코 판다고 함부로 놀리지 마라. 나중에 같이 일하다가 내가 틀렸다고 지적하는 신입사원으로 나타날지도 모른다! 내 동료가 될지도 모르는 그를 위해 축복을 빌어주자.

나는 그 아이가 자라서 나와 만났을 땐, 시간과 경제의 자유를 누리며 멘토 역할로 그들을 돕는 사람이 되고 싶다. 그래서 그들이 예전보다 더 나은 세상에서 살고 있음을, 우리 모두는 날마다 더 나아질 수 있음을 몸소 보여줄 수 있는 사람이 되고 싶다. 문득 나이 든다는 것이 조금 슬퍼지다가도, 그들과 같이 일할 수 있다는 것에 감사하다. 가끔 부서장이 뛰어나와 목소리 큰 나에게 조용히 하라고 할 때도 있지만, 직장이란 활기가 넘쳐야 한다고 생각한다.

나 아직 안 죽었어! 다 덤벼! (사실 직장에서 가장 철없는 행동은 내가 다 한다는 것이 아이러니다.)

나는 자연인이다

점심시간 휴게실, 수다방이 또 열렸다.

"약사님, 자연인이시네요?"

"네? 그게 무슨~~"

MBN 〈나는 자연인이다〉는 윤택과 이승윤이 번갈아 출연하며, 자연 속에서 사는 자연인들을 보여주는 프로그램이다. 도시에서 팍팍하게 사는 우리가 한 번쯤 꿈꾸는 자연 친화 라이프를 간접 체험할 수 있다. (그런데 가끔 '저게 무슨 자연인이냐?'라는 생각이 들 정도로 공감 안 되는 스토리 혹은 너무 짜고 치는 듯한 자연인이 있긴 하다.)

그런데 내가 그런 자연인이라고?

알고 보니 그녀가 말한 자연인의 기준은 이러했다.

⁙

치아교정을 하지 않은 사람

시력교정술 라식이나 라섹 등을 하지 않은 사람

쌍꺼풀 수술을 포함한 성형수술을 하지 않은 사람

이야기를 듣고 둘러보니 휴게실에 모인 이들 중 나만 해당사항이 없었다! 다들 치아교정은 기본으로 어릴 때 했다고 한다. 심지어 다 커서, 지금 직장에 다니며 교정을 하는 친구도 있다.

또 안경 낀 사람이 한 명인데, 나머지는 모두 라식이나 라섹을 해서 안경을 안 낀다는 것이다. 안경 낀 동료도 치아 교정은 했다고 해서 자연인 조건 패스~ 그리고 눈이 예쁜 친구는 너무 자연스러워서 쌍꺼풀을 수술한지도 몰랐는데 의학의 힘을 빌렸다는 것도 알게 되었다.

사실 이것들(치아교정, 라식·라섹, 쌍꺼풀) 모두 스스로 '했다'라고 말하기 전에는 몰랐던 것들이다. 다들 너무 자연스러웠는데 그게 살짝 '의학의 힘'을 빌린 것이었다니!

요즘 이런 류는 수술 축에도 안 낀다지만 생각보다 빈도가 높아 살짝 당황스러웠다. 물론 나의 치아, 시력, 눈매 등이 정말 만족스러운 것은 아니지만, 그냥저냥 불편한지 모르며 살아왔다.

외모도 가꾸는 자의 몫이라는데 너무 신경을 안 쓰고 살았나 싶기도 하더라. 그래도 지금껏 별로 고민을 해본 적이 없었기에 역시 가진 것에 감사해야 한다는 걸 다시 깨닫는다.

그런데 아무리 생각해도 뭔가 허전하다.
왜 이렇게 쎄하지?
뭐 때문일까?
아~~ '자연인'이라고만 했지 '자연미인'이라고는 안 했구나!
뭐 어쨌든, 나는 자연인이다!

도를 믿으십니까?

혹시 길거리에서 '도를 믿으십니까?'라고 묻는 사람을 만난 적이 있는가? 내가 아가씨 때 번화가를 다니면, 하루에 두 번씩 그들을 만나기도 했다. 신기한 건 요즘은 그런 사람들이 사라진 것 같다. 아니면 다른 곳에서 활동 중인지도.

그들은 보통 이런 식으로 접근했다.

"K 병원에 가려면 어디로 가야 해요?"

그래서 내가 길을 알려주면 여지없이 그들은 마치 짠 듯이 이런 말을 했다.

"인상 좋다는 말 많이 들으시죠? 도에 관해 공부해보신 적 있어요?"

한번 째려보고 총총걸음으로 옮기면, 말없이 조금 따라오다가 금세 다음 상대를 물색하러 떠난다. 이런 사람들을 누가 따라갈까 싶다고? 놀랍게도 친언니의 절친이 겁 없이 그들을 따라갔단다. 그녀가 그들을 따라 올라간 어느 건물 2층은, 이상한 제단과 제사 음식이 놓여있었다고 한다. 그리고 절을 몇 번 시킨 후 조상을 잘 모셔야 복을 받는다면서 복 기원비 100만 원을 불렀다고 했다.

혼자 당당히 궁금증을 풀기 위해 따라간 언니 친구! 정말 대단하다. 그리고 그 분위기에서 절대 그런 것은 안 한다고 말하고 홀연히 빠져나왔다는 그녀. 그때 말하지 못했지만, 언니 진심 존경합니다!

가끔 도가 어쩌고 이런 이야기를 들을 때 진지하게 고민했다. 나에게 인상 좋아보인다는 게 접근하기 편해 만만해 보인다는 뜻이었을까? 그냥 말을 막 붙일 정도로 쉬워보인다는 뜻이었을까? 대형병원 퇴사 후 중소병원으로 면접을 보러 간 날, 부서장은 '일 잘 부탁한다' '열심히 해달라'는 말을 했다. 입사 후 당부하는 말씀이, 내가 뽑힌 이유는 '남들보다 나이는 있어도 인상이 좋았기 때문'이라 했다. (이 시기에는 약사들이 졸업한 해에 바로 취직했기에 나이가 곧 연차 순이었다. 나는 그 병원의 연차 순서를 깬 최초의 약사였다.) 그러던 부서장이 막상 같이 일하면서 내게 얼마나 많은 막말을 퍼부었던가.

지난 시간의 나를 되돌아본다. 막말을 퍼붓는 상대에게 꼼짝 못 하고 속절없이 당했던 이유는, 자존감이 낮았기 때문이다. 만만이가 되었던 건 스스로 그렇게 생각한 내 몫이 컸다. 당당히 내 주장을 펼칠 수 없었던 건, "너 주제에~"라는 말에 '내 주제가 그렇지'라고 수긍하던 내가 있었던 거다.

조금씩 내 마음을 공부하며 나를 되돌아보면서 그 당시의 내 모습을 꺼내본다. 그도 잘못했다. 하지만 나도 잘못했다.

인상 좋다고 인생 편하지 않았던 그 시절에 비하면, 자전거 사고로 이마에 상처도 나고 퇴사도 했지만, 아닌 건 아니라고 소소하게 말하는 지금이 몸도 마음도 훨씬 편하다. 조금씩 나 자신을 용서하고 자존감 낮았던 나를 안아주는 중이다. 그때는 그럴 수 있었다. 내 속의 내면의 아이는 아직 용기가 없었고, 자존감도 낮았으니.

이제 조금 더 나의 내면 아이를 안아주고 스스로를 믿자.

나는 이제 도가 아니라 나 스스로를 믿는다.

인생약사의 올바른 약정보

천연 영양제가 제일 좋겠지요?

천연 영양제 vs 합성 영양제

사실 천연제품과 합성제품의 논란은 지속적으로 이어져 왔다. 우리 대부분은 천연, 자연 그대로의 것을 좋아한다. 비록 합성 폴리에스테르 옷을 입더라도 내 몸속에는 더 좋은 것을 넣고 싶기 때문이다. 인터넷에 나온 여러 천연제품의 광고 문구를 읽다 보면 세상의 합성제품은 다 나빠 보인다. 그런데도 수많은 합성 영양제가 나오는 걸 보면 좀 이상하다. 제약사나 건강기능식품업체 모두가 우릴 속이고 있는 걸까?

내 결론은 이렇다. 천연이든 합성이든 영양제를 샀다면 꾸준히 챙겨 먹는 것이 더 중요하다. 보통 '천연'이 붙는 순간 다른 제품보다 가격이 더 비싸진다. 천연제품을 먹을지 말지는 전적으로 구매자의 몫이다. 천연제품을 먹기로 했고, 사먹을 여력이 되는 사람은 천연제품을 먹으면 된다.

대부분 비타민은 천연제품과 합성제품의 화학구조가 같다. 건강한 일반 성인은 합성 영양제를 먹어도 상관없다. 단 비타민E는 천연인지 합성인지 확인이 필요하다. 천연제품과 합성제품의 화학구조가 다르기 때문이다. 천연제품이 합성제품보다 항산화 효과가 크다는 연구가 많다. 표시사항에 비타민E가 d-알파 토코페롤 혹은 d-알파토코페릴초산염으로 적혀있으면 천연 비타민E다. 알파, 베타, 감마, 델타형이 복합된 혼합토코페롤도 괜찮다. 합성 비타민E는 dl-알파 토코페롤 혹은 dl-알파토코페릴초산염으로 표시되어 있다. 아래 몇 가지 주의사항을 잘 살펴보고, 어떤 제품을 먹을지 개인이 판단하길 바란다.

천연이라는 용어는 정확한가?

사실 천연 영양제라는 말 자체도 잘못된 것이다. 오렌지나 딸기 속 비타민C는 천연 비타민이지만 우리는 그 속에서 뽑은 추출물을 먹는다. 이 추출과정에서 화학 물질을 이용한 추출이 일어나기 때문에 100% 천연 비타민은 있을 수 없다.

식품의약품안전처에 따르면 '천연'이라고 표시할 수 있는 기준은 화학 식품첨가물이 제품 내 포함되지 않고 최소한의 물리적 공정(세척, 껍질 벗김, 압착, 분쇄, 건조, 냉동, 압출, 여과, 원심분리, 숙성, 자연발효 등)을 거친 것이다. 또 유전자변형 식품, 나노 식품, 농·임·수산물의 자연 그대로의 상품, 60도 이상 열을 가한 식품도 '천연'이라 표기할 수 없다.

인터넷에 천연 영양제라 광고하는 것들은 사실 마케팅 포인트로 사용되는 것일 뿐 진정한 천연 영양제는 거의 없다. 천연 원료를 사용한 천연물 유래 영양제라 칭하는 게 더 적합한 말이다. 혹시 천연제품이라고 광고하며 쓸데없이 비싸게 파는 제품이라면 확인이 필요하다.

천연제품의 함량은 적당한가?

비타민C의 경우 시중 대부분의 합성 비타민C 한 알은 1000mg이 들어있다. 인디언 구스베리 등의 천연물 유래 제품은 제품마다 다르지만 한 알에 대략 50–200mg의 비타민C가 들어있다. 결핍증이 생기지 않는 권장량은 맞췄을지 몰라도 최적의 효과를 내는 최적량에는 모자란다. 이왕 먹는 거 건강에 도움이 되고 싶어 먹는 건데, 비타민C의 진짜 효능을 다 기대하기 어렵다. 물론 이런 비타민C 여러 알을 먹으면 최적량에 근접하지만 가격 부담이 커진다. 이왕 먹기로 한 영양제, 하루이틀 먹는다고 좋아지는 것이 아니니 경제성도 고려해야 한다.

만약 '천연'을 내세우면서 합성 영양제와 다를 바 없는 고함량 영양성분이 들어있다고 광고한다면 추출물에 합성 영양성분을 섞은 제품일 확률이 높다. 천연 추출물은 극소량만 넣고 대부분을 합성 비타민으로 채워 파는 경우도 있다.

천연 성분은 안전한가?

중국 제품을 탓하면서도 계속 사람들이 쓰게 되는 것은 가격이 저렴하면서 대량 구입이 가능하기 때문이다. 천연 성분의 원료 생산지도 잘 확인해봐야 한다. 중국이나 인도에서 수입한 천연 성분은 농약이나 중금속 오염의 위험도 있다.

최근 중국 김치 공장에서 비위생적으로 김치를 만드는 장면이 뉴스에 보도되면서 경악을 금치 못했다. 천연이라 좋다며 무조건 살 것이 아니라 주원료 수입원의 안전성도 꼭 확인해야 한다.

합성 영양제에 첨가물이 더 들어간다며, 공포 마케팅을 하는 회사도 많다. 이산화규소나 스테아린산 마그네슘 등인데, 소량의 첨가물에도 이상 반응을 일으킬 수 있는 환자를 제외하고, 일반 사람에게는 문제가 되지 않는다. 합성 영양제 한 알에 넣는 부형제는 체내에 축적되지 않고, 만약 축적된다고 하더라도 엄청난 양을 수십 년 이상 꾸준히 먹어야 독성이 나타나는 극소량이다.

커피 한 잔의 여유

각종 매체에서 보면 직장인들은 커피 한 잔을 마시며 우아하게 하루 업무를 시작한다. 그러다가 마음에 드는 그 또는 그녀와 썸 탈 일이 있으면 뜬금없이 커피를 쏟을 일이 생긴다! 그래서인지 커피 한 잔을 떠올리면 나는 '여유'라는 단어가 떠오른다.

나는 어릴 때부터 아침의 여유 없이 바쁘게 살아왔다. 학교에 다닐 시기부터는 수업시간에 맞추기 위해 엄마가 깨워서 겨우 일어났고, 직장에 들어가서는 출근 준비부터 허겁지겁 도착하면 아침부터 주어진 업무로 바빴다.

결혼해 아이가 생긴 후에는 내 출근 준비와 더불어 아이 어린이집 등원까지 겹쳐 정신을 더 잃었다. 아이에게 늘 빨리 준비하라는 재촉을 해대며 한바탕 출근 전쟁을 치르고 나면 이미 정신이 반쯤 나가 있다. 그러니 업무 시작부터 피곤한 상태. 이때 마시는 커피는 '여유'의 의미라기보다는 '각성제'에 가까웠다.

삶에 대한 불만이 가득 쌓였던 것도 그즈음이었다. 삶은 더 이상 행복하고 즐거운 게 아니라 버티고 견뎌야 하는 일이 되어버렸다. 아침에 눈 떠서 자기 전까지 여유라곤 하나도 없었으니. 커피는 맛으로 마시는 게 아니라 정신을 차리기 위한 복용 약 같았다. '하루하루를 버티는 게 무슨 행복인지, 도대체 아침의 여유란 언제 생긴단 말인가.'

곰곰이 되짚어보니 커피 한 잔의 여유를 바라는 게 아니라 그저 삶 속에서 내 시간이 없는 게 문제였다. 일하며, 아이 키우며, 살림하느라고 커피 한 잔 못 마신다며 늘 불평을 해댄 거다. 그러다가 정신이 번뜩 드는 사건이 발생했다.

내 뒤로 들어온 사람이, 상급자 자리로 가면서 책임급 업무를 맡게 된 거다. 내가 업무를 가르치면서 답답하다고 생각했던 면은, 윗사람에게 꼼꼼함으로 받아들여졌다. 그녀가 앞서 가는 모습을 보고 깨달았다. 나는 직장에서도 중간 관리자급의 능력을 인정받지 못함을. 이에 더해 살림도 직장을 다닌다는 핑계로 엉망으로 하고 있다는 냉혹한 현실 자각까지! 이런 몽롱한 상태로 더 살다가는 커피 한 잔이 아니라 몇 백 잔을 마셔도 정신을 못 차릴 터였다.

⁘

용기를 내어 그대가 생각하는 대로 살지 않으면

머지않아 그대는 사는 대로 생각하게 된다.

_ 폴 발레리

내 인생을 내 것으로 만들겠다고 결심하고 제일 먼저 아침 기상시간을 바꿨다. 아무리 머리를 짜봐도 확보할 수 있는 시간은 아침뿐이었다. 5분, 10분, 20분 조금씩 늘려 출근 전 두 시간을 확보했다.

아침에 눈을 떠서 멍 때리는 것도 좋았고, 가끔 해가 뜨는 걸 보는 것도, 아무것도 하지 않아도 그저 좋았다. 나 혼자 있는 시간, 드디어 여유를 찾은 것이다.

이 시간에는 커피도 필요 없었다. 온전히 나를 느끼고 내가 어떤 사람인지 고민하고 생각하는 시간이었다. 책을 읽고, 감사 일기를 쓰고, 필사를 하는 그 모든 시간이 좋았다.

오롯이 쓰는 내 시간이 확보되자 드디어 마음에 여유가 생겼다. 집안일도 회사 일도 그 각각의 의미를 부여하고 받아들일 마음가짐이 생겼다.

여유란 그렇게 내가 찾는 것이었다.

꼭 아침이 아니어도 내 시간, 나만의 시간을 확보한다면 커피 한 잔 마시지 않아도 내 정신을 맑게 유지할 수 있다.

지금 원하는 일이 있다면 겉으로 드러난 표면이 아니라, 내면의 의미를 찾아보길 바란다. 그렇게 원하던 커피 한 잔의 여유가 나에게는 그저 내 시간의 확보였다는 것. 그것을 아침 기상을 통해 이루고 있다는 것을 말하고 싶다.

오늘도 아침의 기쁨과 행복을 누리며 이 글을 읽어주는 당신께 축복을 보낸다!

피로 자식, 너란

나쁜 자식

틈틈이 글을 쓰다가 브런치라는 플랫폼의 작가가 되었다. 직장 생활 사이사이 짧게나마 생각을 정리해 기록해둔다. 이런 기록이 모여 글 한 편이 된다.

브런치 앱에서 가끔 라이킷('좋아요' 같은 관심 표시)이나 조회 수 알람이 폭발적으로 울리는 날이 있다. 아마도 포털 사이트 메인에 노출된 날인 듯하다. 구석에 노출된 건지, 다른 누군가의 글처럼 5만 번씩 읽힌 정도는 아니지만 몇 천 번의 조회 수라도 그 자체로 괜히 즐겁고 감사하다.

내가 추구하는 스타일의 글은 재미와 의미가 있는 글이다. 그리고 내가 집중해서 글을 쓸 수 있는 시간은 새벽 기상 후 아침

시간. 장소는 나만의 '케렌시아'인 작은 방. 그곳에서 나만의 아침 시간을 보내려면 일찍 일어나야 하기에, 2019년부터 새벽 기상을 시작했다.

⁙

케렌시아 : 에스파냐어로 '투우 경기장에서 소가 잠시 쉬면서 숨을 고르는 장소'라는 뜻으로, 자신만의 피난처 또는 안식처를 이르는 말

_국립국어원 우리말샘

그런데 한동안 새벽 기상을 제대로 못했다. 몇 년을 지속하고 있는 새벽 기상에 제동이 걸린 것이다. 뭔가 먹고 체한 증상처럼 울렁거림을 시작으로, 머리가 깨질 듯 아프다가 결국 토하고 아래로도 많은 것을 내보냈다. 2020년 여름부터 2021년 1월까지, 6개월 동안 한 달에 한 번꼴로 고생했다. 이런 증상이 한 번 시작되면 건잡을 수 없어 본업도 제대로 할 수 없었다. 도저히 참을 수 없을 때는 결국 휴가를 내고 집에 누워있어야 진정이 될 정도였으니 내가 예상한 하루 계획은 여지없이 망가졌다.

원인을 찾으려고 종합검진도 받았다. 또 여러 진료과를 돌아보며 이명 검사, 피검사 등 다양한 검사도 했다. 그런 다양한 시도를 통해 얻은 병명은, 서양의학에서 툭하면 갖다붙이는 '스트

레스'였다.

그즈음 둘째 아이가 자꾸 "노란 자식! 나쁜 자식!"이라면서 자기는 노란색이 싫다고 했다. 도대체 이게 무슨 말인지, 노란색은 왜 싫은 것인지 이해할 수 없었다. 그러다가 둘째가 누나와 이야기하는 것을 들어보니 『엉덩이 탐정』(미래엔아이세움)이라는 만화책의 한 장면 내용이었다. 거기서 한 아이가 "너란 귀신, 나쁜 자식"이라고 말하는 장면이 있는데, 글을 읽을 줄 모르니 '너란 귀신'을 '노란 자식'으로 잘못 듣고 자꾸 '노란 자식'이란 말을 하고 다닌 것!

'너란 귀신'을 '노란 자식'으로 알아들은 우리 둘째 아이처럼 나도 크게 착각을 했다. '피로 자식'을 만들고 아픔을 만든 건 '나'인데, 원인이 다른 곳에 있다며 병원 진료를 보고 원인을 '바깥'에서만 찾으려고 했다.

내가 생각하는 행복의 조건은 엠제이 드마코의 『부의 추월차선』(토트)에서 따온 3F라고 사람들에게 말하고 다녔다. 3F는 가족(family), 건강(fitness), 자유(freedom)인데, 나만의 자유를 추구한다는 명목으로 건강을 생각하지 않고 무리한 새벽 기상을 하다가 3S만 얻은 거다. 스트레스(Stress), 아픔(Sick), 일상정지(Stop).

그래서 작년 2월부터는 한 가지를 결심했다. 하루 7-8시간의 수면시간을 유지하기 위해 아침에 자고 싶은 만큼 자기로! 그래도 몇 년을 유지한 습관 덕분인지 푹 자고 일어나도 여섯 시 반이지만, 그 이후로는 증상이 전혀 없었으니 이로써 그동안 아팠던 이유가 밝혀진 듯하다. 직장에서 풀타임으로 근무하고, 퇴근 후 아이들을 돌보고, 지친 몸을 이끌고 이른 아침에 일어나는 나날을 반복하며 스스로 극한으로 몰아붙였던 것.

우리 모두에게는 휴식이 필요하다. 예전에는 휴식이 필요하면 바다에 갔다. 지금도 바다를 좋아하지만 바다를 보는 것보다는 잠이 보약이다.

직장인에게 쉼은 삶의 일부다. 잘 쉬어야 내가 원하는 삶을 더 오래 유지할 수 있다. 피로의 원인을 엉뚱한 곳에서 찾지 말고 지금 내 생활부터 돌아보자.

인생약사의 올바른 약정보

커피는 아군인가 적군인가

커피, 당신의 선택은?

"커피 한 잔의 여유! 그 여유 찾고 싶다."
내가 늘 외치고 다니는 말이다. 개인차는 있지만, 회사든 집이든 커피 카페인의 힘을 빌려보지 않은 사람은 드물 것이다. 건물마다 하나씩은 있는 커피 전문점. 매일 마시는 커피는 과연 내 몸에 아군인가? 적군인가? 참고로 여기 적은 커피는 블랙커피를 말하는 것이지 달달한 커피 믹스가 아니란 점 기억하자.

커피는 직장인의 아군

1. 커피와 간 건강

커피 속에는 다당류, 지질, 유기 아미노산, 카페인 등 100가지 이상의 성분이 들어있는데 그중 폴리페놀이라는 성분은 우리의 아군이다. 이 폴리페놀은 항염, 항산화, 항암작용을 하는 성분으로 간암 예방에도 도움을 준다. 하루 2잔가량의 커피를 규칙적으로 마시면 간 섬유화를 줄여준다는 미국의 연구도 있다.

2. 커피와 2형 당뇨병 발병률 저하

호주에서 18종의 연구결과를 분석한 결과, 매일 커피를 한 잔 더 마시면 당뇨 발병 위험이 7%가량 줄어든다고 한다.

3. 커피와 배변 활동

커피 속 폴리페놀 화합물 중 클로로겐산은 장의 연동운동을 도와 원활한 배변 활동을 돕고 변비를 예방한다.

4. 커피와 심혈관 질환

커피를 하루 1–2잔 마신 사람의 혈관 신축성은 커피를 마시지 않은 사람보다 25% 높았다는 연구, 하루 한 잔 이상 커피를 마신 스웨덴 여성들은 뇌졸중을 경험할 확률이 22–25% 낮았다는 연구가 있다.

또 하루 3-5잔의 커피가 심장병 예방에 도움이 된다는 연구도 있다. 혈전이 생기는 초기 과정을 막기 때문이다.

5. 커피와 통풍

미국에서 9만 명의 여성 간호사를 대상으로 한 대규모 연구에서 하루에 커피를 4잔 이상 마신 여성이 안 마신 여성보다 통풍 발생률이 평균 57% 낮았다.

6. 커피와 우울증

하버드대학 연구를 살펴보면 하루에 커피를 2-3잔 마시는 여성은 우울증에 걸릴 위험이 15% 낮고 하루에 4잔 이상 마시는 여성은 20%까지 낮출 수 있다고 한다. 커피를 마시면 기억력, 추리력 등이 향상되고 우울증 예방 효과가 있다.

7. 기타

그외 치매 예방, 항암작용, 다이어트 등 다양한 이점에 대한 연구자료가 있다.

커피는 직장인의 적군

1. 커피와 위장

커피는 위산 분비를 자극해 위장 장애를 일으킬 수 있다. 또 복통이나 설사를 일으킬 수 있다. 카페인 때문에 위산이 역류되기 쉬워 역류성 식도염의 원인이 되기도 한다.

2. 커피와 심장

한편 하루 5잔 이상의 커피가 심근 경색 발병률이 높다는 연구 결과도 있다. 카페인이 혈압을 올리고 심장 박동을 빠르게 한다는 것도 알려졌다.

3. 커피와 영양소

커피 안 카페인이 우리 몸속 여러 영양소 흡수를 방해하거나 배출시키는 역할을 한다. 철분과 아연은 카페인 때문에 흡수를 방해받는다. 또 소변으로 칼슘 배설도 증가시켜 골다공증의 원인이 될 수 있다.

4. 카페인과 두통

카페인은 몸속에서 대사되면서 테오필린, 파라잔틴, 테오브로민으로 바뀐다. 이들은 뇌의 산소 공급 증가, 신경 전달 활성화를 돕는다. 문제는 카페인의 효과가 떨어지면 정신이 탁해지고 두통이 나타난다는 것.

5. 카페인과 수면

카페인의 체내 잔류 시간이 6–12시간이므로 낮에 마신 커피 때문에 밤에 잠을 못 자는 사람들이 있다. 커피를 마셔도 잠을 잘 잔다는 사람도 실제 뇌파를 조사해보면 깊은 잠을 자는 횟수가 줄어든다. 즉 카페인은 수면의 질을 떨어뜨린다.

그래서 커피는...

커피 속 카페인의 가장 큰 특징은 각성 작용이다. 직장을 다니다 보면 '졸리지 않게' 하는 각성 작용이 꽤 중요하다. 일은 해야 하는데 정신이 맑지 않아 할 수 없이 커피를 마시게 된다.

하지만 커피는 피로의 근본 원인이나 졸음을 없애는 것이 아니다. 카페인 자체가 부신을 자극하면서 아드레날린이 분비된다. 이 아드레날린은 뇌가 심신의 위험을 감지할 때 분비되는 호르몬이다. 커피는 중추 신경의 흥분 작용을 이용해 잠시나마 깨어있게 한다. 아드레날린이 분비되면 혈당과 혈압이 상승한다. 이 상태가 반복되면 부신의 피로도가 증가한다.

커피가 적군이라는 많은 증거가 있지만, 그보다 아군이라는 증거가 더 많다. 커피를 직장생활의 아군으로 둘 것인지, 적군으로 둘 것인지 선택은 각자의 몫이다. 약이나 건강기능식품도 개인차가 있듯 커피도 개인에 따라 반응 정도가 다르기 때문이다. 불면증이 있거나 신경이 예민한 사람, 위장 장애가 있는 사람은 커피를 마시지 않는 게 좋다. 카페인 하루 허용량(성인 400mg)에 맞춰, 하루 1–3잔까지만 마신다면 적당히 아군으로 커피를 둘 수 있지 않을까 싶다.

사실 내가 생각하는 커피란 건강을 위해 마시거나 안 마시거나 하는 식품이 아니다. 몸에 좋다고 한들, 마시지 않던 블랙커피를 몇 잔씩 마실 수 있냐는 말이다. 나에게 커피란 오래 못 본 사람과 약속을 잡고, 직장 동료의 고민을 듣기 위해 "커피 한 잔 할까?"라고 말을 붙이는, 관계를 위한 소통의 수단이다. 그러니 커피의 효능을 너무 따질 필요는 없다.

오늘 커피 한 잔을 마실지 말지 선택은 오직 당신의 것이다.

직장에서 상대적 시간을 잡아라

오늘도 눈을 뜬다. 나만의 케렌시아 작은 방에서 이것저것 끼적거린다. 그런데 벌써 출근 시간이다. 작은 방에서 혼자 보내는 꿀 같은 시간은 너무나 빨리 흘러간다. 하지만 직장에서 지독히도 바쁜 날은, 시간이 왜 이렇게 안 가는 걸까? 눈코 뜰 새 없이 바빠서 시간이 많이 흘렀을 것 같아 시계를 쳐다봤더니 겨우 십 분 지났다.

'아니! 한 시간 지난 거 아니었나? 아직 시간이 이것밖에 안 되다니! 내 몸은 이미 퇴근 상태인데.'

역시 시간은 늘 상대적이다. 나는 이 상대적인 행복의 시간을 조금이라도 늘리기 위해 직장 내에서 다양한 시도를 한다.

시도 1 : 커피를 한 잔 타 온다.

그런데 머피의 법칙인지 뜨거운 커피를 타오는 순간 일거리가 밀려와서 결국 커피는 식는다.

이제 다시 아이스커피를 준비한다. 빨리 마실 수 있고 나중에 마셔도 차가운 커피라 먹기 편하다. 그러나 일이 많을 때는 이 커피 속 얼음도 물이 되어 커피가 아니라 커피국이 된다.

더구나 겨울에 아이스커피는 너무 차가워서 입이 돌아간다. 요즘 MZ세대는 얼죽아(얼어 죽어도 아이스)라지만 나는 흉내도 못 내겠다.

시도 2 : 지친 사람들과 나를 위해 썰렁한 농담을 건넨다.

다들 웃게 되니 분위기가 훨씬 밝아진다. 그런데 웃다가 엉뚱한 약을 잘못 담을 수 있다. 얼굴은 웃지만, 머리로는 정확하게 일을 처리해야 한다. 다시 조용히 일에 집중한다. 일이 끝남과 동시에 웃길 준비를 한다. 그런데 일이 끝나지 않는다. 계속 웃길 수 없다. 왠지 분하다! (그런데 내가 코미디언도 아닌데 왜 자꾸 다른 사람들을 웃기려는 거지?)

시도 3 : 화장실에 간다.

잠시 명상과 비움의 시간을 갖는다. 왠지 마음이 편안해진다. 걸음을 재촉해 사무실로 발걸음을 옮긴다. 그런데 사람들은 여전히 바쁘다. 같이 일하는 동료의 표정이 더 안 좋아졌다. 나 혼자 상황을 떠나는 것은 도움이 되지 않는다. 나는 같이 있는 사람들과 다 같이 행복하고 싶다!

결론

갑력 직장인이 되는 가장 쉬운 방법은 그냥 일터에서는 일을 열심히 하는 것! 가끔 수다도 떨고, 커피도 마시고, 직장이 있다는 것에 감사하며 절대적 직장에서의 시간을 즐기자. 직장에 출근한 이 순간은 직장생활을 최대한 즐기기 위해 노력하고, 집에서 행복한 그 시간과 비교하지 말자. 비교하는 그 순간 불행이 시작된다.

삶에서 일어나는 모든 순간순간을 즐기라고 하더라. 내가 있는 바로 그곳에서 찰나의 순간을 즐기자!

P.S.

그래도 못 즐기겠다면 '휴가'를 사용하자. 회사와 동료들이 모두 공식적으로 인정해주는 쉼을 즐기는 법은, 제도를 이용하는 것이다. 예전에는 휴가도 상사의 눈치를 보면서 썼지만 지금은 그런 시대가 아니니!

영혼까진 아니어도 지금 충실할 순 없겠니?

한 무리의 학생들이 '실습생'이라는 신분으로 들어오는 시기가 있다. 바뀐 약대 과정에 따르면 '병원 실습'은 꼭 들어야 하는 필수 실습 중 하나다. 학생들은 병원, 약국, 제약회사, 제약공장 등 다양한 분야에서 실습한다. 졸업 전에 간접적으로라도 다양한 경험을 해본다는 제도 자체는 참 좋다.

라테는 말이야~ 내가 학교 다닐 때는 병원 실습은 인기가 많아서 꼭 가고 싶어하는 친구들만 줄을 서서 선착순으로 가는 곳이었다. 제약회사, 공장, 약국, 병원 등 여러 선택지 중 한 곳에서만 실무 실습이 가능하던 시절이라, 원하는 곳이 확실한 친구들은 줄을 서는 수고를 거쳐 원하는 그 자리를 차지했다.

나는 줄을 서지 않고 여러 실습 장소 중 남아있던 서울대병원 앞 ○○약국으로 실습을 갔다. 새벽부터 줄을 서서, 원하는 것을 쟁취하는 그들이 이해되지 않던 시절이었다. 그때의 나는 원하는 것은 물론 목표도 없었기에, 삶에서 일어나는 모든 일에 이래도 흥 저래도 흥이었다. 어차피 내가 원한다 한들 다 이루어지지도 않을 것이라며, 신포도 우화에 나오는 여우처럼 행동했다.

"저 포도는 너무 시어서 못 먹어. 굳이 줄을 서면서까지 왜 힘들게 그곳에 가?"

실무 실습은 내가 원했던 곳도 아니고 의무적으로 해야 해서 그랬는지 재미없고 피곤하고 지루한 일이었다. 그럼에도 주어진 일에는 최선을 다했다. 실습기간 동안 제일 먼저 도착해 약국 문이 열리기를 기다렸고, 종합병원 앞이라 워낙 처방이 많아 피곤했지만 그 상황에 맞춰 열심히 배우고 적응했다. 약국에서 어떤 일을 하는지 배우며 나름 학교 대표로 왔다는 자세로 임했다. 책으로만 보던 약을 실제 현장에서 접하고, 환자들이 약사들에게 질문하는 내용을 들으며 별걸 다 질문하는구나 하는 생각도 했다.

매해 실습을 오는 학생들을 보다 보면 그때의 나처럼 그냥 주어진 일이니까 한다는 표정이 역력하다. 하지만 조금이라도 병원에 관심을 두고 오는 학생들은 확실히 하나라도 더 배우려고 노력하는 게 보인다. 아마 자기들은 드러나지 않는다고 생각할

지도 모르지만 한 해에만 20명씩 오는 학생을 매해 보니 딱 봐도 어느 정도 가늠할 수 있다.

지금 이 일이 내가 하고 싶은 일이 아닐 수도 있다. 의무적으로 주어진 10주를 채우는 일은 꽤 지겨울 것이다. 하지만 지금은 아니더라도 언젠가 내 일이 될 수도 있고, (나를 봐라. 줄 서서 실습을 왜 가냐고 혀를 차던 병원이란 곳에서 십 년 넘게 일하고 있다.) 이곳에서의 인연이 다른 곳에서 우연한 만남으로 연결될 수도 있다.

그러니 실습생들아! 현재에 좀 충실하자.

지금 여기, 이 순간이 유일한 실재다.

실습뿐 아니라 어딜 가든 그 위치에서 충실하자.

영혼을 담는 것까지는 바라지 않는다. 그냥 이 순간에 집중하라는 것이다.

그것이 지금을 사는 법이다.

그것이 지금 이 순간, 내가 갑이 되는 방법이다.

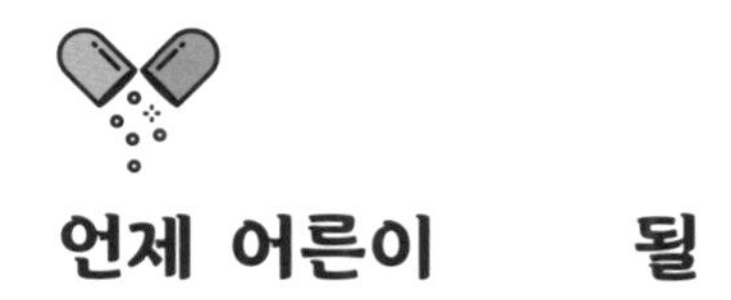

언제 어른이 될 겁니까?

또다시 실습의 계절이 왔다. 요즘 병원에 약학대학 실습생들이 와서 실습하고 있다. 병원 약사 실무 실습 10주 과정은 그들은 물론 우리에게도 꽤 긴 시간이다.

전년도 12월부터 2월까지 8-10명의 학생 한 그룹, 다시 3월에서 5월까지 다른 한 그룹의 학생들이 실습하러 온다. 문득 생각해보니 회사에서 보내는 1년의 반은 실습생과 함께다. 병원 실무도 하며 사이사이 학생들을 가르치고 과제도 줘야 한다.

그동안 수많은 학생이 이곳을 거쳐 갔다. 일을 잘해서 기억에 남는 사람이 있는가 하면, 일을 너무 못해서, 너무 사고를 쳐서 등 다양하게 기억에 남는 학생들이 있다. 말이 학생이지 대학교에 다니다가 약학대학 입문 시험(PEET)을 치르고 온 이들이라 실제 실습생의 나이는 20대 중반부터 40대 초반까지 꽤 다양하게 분포되어 있다.

실습생 A는 평소 셀카 찍기를 좋아했다. 실습 중간중간 사진을 찍더니 급기야 개인 SNS에 병원 약국 사진을 꽤 여러 개 찍어 올렸다. 무방비로 노출된 다른 약사들 사진은 물론, 우리가 일하는 부서의 모습까지. 거기다 학생 본인이 일은 안 하고 놀다가 찍은 사진에 이런 제목이 붙어있다.

"꿀 떨어지는 ○○병원 너무 좋아."

마침 한 약사가 검색하다가 우연히 발견해서 망정이지 도대체 이런 사진을 얼마나 더 올리려고 했을까? 실제 실습생이 할 수 있는 일은 학생 신분인 만큼 약사가 아닌 직원이 할 수 있는 일만 준다. 그래서 바쁘게 약사들이 일할 때도 멀뚱히 서있는 경우가 많다. 하지만 자칫 외부에서 그 사진만 보면 똑같은 흰색 가운을 입고 놀고 있는 것처럼 보이니, 힘들게 일터에서 일하는 약사 모두가 노닥거린다고 오해할 소지가 충분했다. 지금쯤이면 약사가 되어 어딘가에서 열심히 SNS를 하고 있을 테지. SNS를 하는 자체가 나쁜 건 아니다. 단지 시간과 장소를 가려가면서 해야 하는 것이다. A님, 어디선가 일을 하고 있다면 그 일터에서는 그 장소에 맞는 예의를 차리길.

실습생 B는 아내와 아이가 있는 상태에서 회사 퇴직 후, 다시 공부해 30대 후반에 약대에 들어갔다고 한다. 이미 40대여서 누가 보면 부장님 포스를 풍기는 실습생이었다. 대기업에서도 어느 정도 경력이 있었던 터라 앉아만 있어도 중후해보였다. 하지만 이곳은 실무 실습을 배우러 온 곳. 사장님이 공장 시찰을 나온 것도 아닌데 너무 앉아만 있으니 한마디 해야 하는데 다른 약사들보다 나이가 많으니 다들 어려워 말을 못 꺼낸다. 결국, 내가 나서서 뭐라 하니 그제야 자리에서 마지못해 일어난다. 난 선생이고 넌 학생~ 하아, 근데 너무 부장님 같긴 하다.

이 겉모습만 부장님아~ 여긴 직장이라고요.

실습생 C는 머리부터 발끝까지 명품으로 휘감았다. 아마 좋은 집에서 많은 지원을 받고 약대에 들어갔나 보다. 그런데 과제를 시키면 엉망, 퀴즈를 봐도 엉망, 정말 영혼은 집에 두고 온 것처럼 보였다. 부친이 이미 약국 자리도 알아보고 준비해두었다는 소문도 들렸다. 졸업만 하면 이미 안정적인 자리가 준비된, 말 그대로 금수저라고나 할까. 어차피 실습은 패스 아니면 넌패스인 걸 아니까 열심히 하는 모습을 보일 필요가 없을 테다. 약사인 우리가 주는 점수가 실습 점수에 큰 영향을 미치지 않는 것, 우리도 안다. 그래도 배우는 장소에 왔으면 최선까지는 아니라도 집중은 해야지. 도대체 영혼은 어디로? 영혼은 좀 챙기고

다니자, 제발~

실습생 D는 물어보거나 과제를 내면 "알겠습니다" 하고 대답은 잘한다. 그런데 대답만 잘한다. 과제 평가를 해보면 늘 엉망이고 성의가 전혀 없다. 심지어 눈 오던 어느 화요일, D의 엄마로부터 실습 담당 약사에게 전화가 왔다.

"오늘 눈 많이 오는데 우리 애가 차를 가지고 갔어요. 올 때 차 밀리니까 실습 좀 빨리 끝내줘요."

그래서 결론은? 어이없게 부서장이 실습생들을 집에 빨리 보내주라고 해서 다들 그날 빨리 집에 갔다. 눈 올 때 차는 다들 막힌다! 나도 집에 가고 싶다고! 그런데 서른이 다 되어가는데 왜 그런 걸 엄마가 전화하는데? 왜왜왜!!!

나이가 찬다고 다 어른이 되는 것은 아니다. 조금 더 빨리 성숙해지는 사람도 있고, 몸은 컸는데 아직 아이인 사람도 있다. 인생을 엄마가 대신 살아주지 않는다는 것. 이제 알 때도 되었을 텐데~

물론 병원 약무 실습 일이 진정한 사회생활이 아니라서 더 쉽게 생각해서 그럴 수도 있다. 하지만 어떤 신분으로 왔든지, 자기가 있는 곳에서 잘하는 사람은 어딜 가도 똑같이 잘하더라.

일도 잘하고 과제도 성실히 하던 실습생 중 한 명은 지금 우리 병원 정규 약사로 들어와 여전히 일 잘하고 있다. 그런 사람은 어디서든 자기 일은 자기가 알아서 할 줄 안다. 이곳이 아니더라도 그 어떤 곳에 가도 잘하리라는 게 그냥 보인다.

성숙한 어른으로 가는 길이 멀고도 험한가?

일단 정신독립부터 시작해라. 부탁한다. 정신독립!

그리고 관리하자, 멘털 관리!

인생약사의 올바른 약정보

깨어있으라

집중력이 필요할 때 먹는 영양제

직장인이든 실습생이든 학생이든 자신의 현 위치에서 무언가를 할 때는 집중력이 필요하다. 특히 내가 일하는 곳은 환자의 생명을 다루는 병원이기에 무엇보다 깨어있음(!)이 필요하다. 예를 들어 염화칼륨 주사는 고위험 약물로 분류되어 있다. 희석하지 않고 원액을 주사하면 환자가 사망할 수 있으므로 반드시 주의해야 한다. 하지만 최근에도 이런 의료 사고 기사를 접한 적이 있다.
어디서나 필요한 집중력. 집중력을 높이기 위해 우리는 무엇을 먹어야 할까?

은행잎 추출물

뇌는 크기에 비해 많은 에너지를 소비하는 기관이다. 뇌는 전체 몸무게에서 차지하는 비중이 2%지만, 쉴 때에도 전체 에너지의 20%가 소비된다. 뇌는 다른 조직과 달리 지방산을 에너지원으로 쓰지 않고 포도당을 에너지원으로 이용한다. 몸 전체 포도당 소비량의 25%, 산소 소비량의 20%를 소모해 다른 조직보다 포도당과 산소를 더 많이 소모한다. 혈액순환이 원활해야 포도당과 산소를 운반할 수 있고 그래야 뇌 기능도 높아진다.

은행잎 추출물은 혈행 개선, 노인성 치매, 기억력 장애에 도움이 된다. 대부분의 연구에서 하루 은행잎 추출물로 120~240mg을 복용을 권한다. 주의사항은 은행잎 추출물은 혈소판 응집을 억제하기 때문에 항혈소판 약물, 와파린 복용자에게 출혈 발생의 위험이 있다.

오메가3

지방산은 모든 세포막의 구성 요소다. 지방도 우리 몸에 꼭 필요하다는 이야기다. 단 현대인은 불포화지방산보다 포화지방산을 더 많이 섭취해 여러 건강문제가 발생한다. 불포화지방산 중 우리 몸에서 합성할 수 없어 꼭 먹어야 하는 것이 필수지방산이다. 우리가 많이 들어본 오메가3라 부르는 제품이 바로 필수지방산 복합제품으로 EPA(Eicosapentaenoic acid)와 DHA(Docosahexaenoic acid)로 구성되어 있다.

적절한 DHA는 뇌 건강과 기능을 유지하는 데 중요하다. 또 EPA는 뇌 손상과 염증으로부터 뇌를 보호한다. 머리가 좋아지는 치즈 혹은 우유라는 마케팅에 DHA가 사용되는데, DHA를 소량 넣은 것을 섭취한다고 머리가 좋아지지 않는다. EPA 및 DHA 유지의 합이 600~1000mg 이상이면 '건조한 눈을 개선해 눈 건강에 도움을 줄 수 있음', 500~2000mg 이상이면 '혈행 개선, 혈중 중성 지질 개선에 도움을 줄 수 있음', 900~2000mg이면 '기억력 개선에 도움을 줄 수 있음'이라고 기능성을 표시할 수 있다. 기억력 개선에 도움을 받으려면 적어도 900mg 이상은 먹어야 한다.

비타민B군

비타민B군은 비타민B1(티아민), 비타민B2(리보플라빈), 비타민B3(니아신, 니아신아마이드), 판토텐산, 비타민B6(피리독신), 비오틴, 비타민B12(사이아노코발라민), 엽산 등을 하나의 그룹으로 묶어서 부르는 이름이다. 이들은 각각의 역할도 중요하지만 모든 세포의 수많은 대사과정에 관여하기 때문에 그룹으로 보충하는 것이 낫다. 특히 비타민B6, 비타민B12, 엽산은 호모시스테인 대사에 관여하는데 이들이 부족할 때 혈액 호모시스테인 농도가 증가한다. 이러한 호모시스테인 농도의 증가는 심혈관 질환이나 치매의 위험을 높인다. 또 비타민B12는 뇌 신호전달 향상과 신경세포 안정화에 도움을 줄 수 있다. 비타민B군 섭취는 기억력, 학습 능력, 피로 회복에 추천하는 영양성분이다.

"그 나이 되면 다 그래"

라지만

며칠 전, 사소하지만 나름 충격적인 일이 있었다.

저쪽에 앉아있던 동료가 말한다.

"제가 흰 머리카락 뽑아드려도 돼요? 제가 앉은 쪽에서 봐도 보여서요."

"앗, 보여요? 그럼 뽑아주세요."

그런데 가까이 오더니 이렇게 말하는 거다.

"뽑기에는 너무 많아서 그냥 둬야겠어요."

"으악! 나 흰 머리카락 하나도 없었는데!"

"약사님 나이쯤 되면 다 흰머리 생기지 않나요?"

너무나 당연하다는 듯 내 나이 되면 다 그렇다는 후배의 말을 듣고 갑자기 생각이 많아졌다. 나는 아직 마음만은 예전과 똑같고, 아니 가끔은 더 아이가 되어가는 것 같다. 하지만 몸은 다른가 보다. 예전부터 나이보다 어려보인다거나 마른 몸에 비해 체력이 좋다는 말은 많이 들었다. 하지만 육체는 내가 인지하지 못하는 이 순간에도 늙어가고 있다. 흰 머리카락이 하나둘 생기고, 나도 모르는 사이 주름이 늘어난다.

다른 사람이 말해주기 전에는 몰랐다. 아니, 나 스스로 이런 신체 변화를 모른 척하고 싶었는지도 모른다. 나이가 들면 머리카락도, 얼굴도 예전과는 달라지는 것이 진실인데 말이다. 그런데 내가 머리로 아는 것과, 남이 나에게 해주는 말을 듣는 건 참 다른 기분이다. 갑자기 애써 외면하고 있던 세월의 시계를 정면으로 마주한 느낌이랄까.

불안정한 20대에는 안정적으로 보이는 30대가 부러웠고, 30대에는 꼰대 같아보이는 40대를 욕했었다. 그런 내가 40대가 되었다. 나도 내가 40대가 될 줄 몰랐다. 이렇게 빨리 올 줄도 몰랐다. 같은 일을 해도 예전보다 피로감이 빨리 몰려온다. 세월에는 장사 없다는데 내가 막는다고 막아지는 세월이 아니다. "꿈이 있는 사람은 늙지 않는다"는 말도 있지만, 확실히 신체는 늙는다. 그나마 다행인 건, 정신이 신체 속도와 같이 늙는 것은 아니라는 것.

지금 나의 정신은 어느 때보다 젊다!

20, 30대 시절의 나는 꿈이 없었다. 단순히 공부, 일, 결혼 등 눈앞 상황에 끌려 다니느라 꿈이란 걸 꾸어본 적도 없다. 하지만 40대가 되어 나를 찾고 삶의 주인이 되고자 하니, 오히려 예전보다 하고 싶은 것도 많아졌고 꿈도 커졌다. 더 어릴 때 지금처럼 하고 싶은 일들이 많았다면 태산도 움직였을 것 같다. 물론 태산을 움직이려고 무모하게 힘쓰다 안 된다고 나자빠졌을 수도 있겠지만.

나잇값이라는 말이 있는데 사람은 나이를 그냥 먹지 않는다. 지금은 균형을 중요하게 생각한다. 딱 내 앞에 있는 것부터, 현재 내가 할 수 있는 것부터 최선을 다하는 중이다. 무리하지 말고 내가 할 수 있는 만큼, 단 내 꿈 안에서.

다른 날도 아닌 오늘이 나의 가장 젊은 날이다.

"난 지금부터라도 하고 싶은 거 다 하며 살 거야."

이렇게 결심했다면 지금부터 바로 실행해보자. 딱 두 가지만 극복하면 된다. 신체 변화 때문에 우울하다면? 몸에 좋은 음식을 먹고 운동도 하면서, 이 책에 나온 영양제 하나라도 꾸준히 챙기며 내 몸은 스스로 돌보자. 인간관계 때문에 우울하다면? 이 책에 나온 정신 승리법 하나라도 챙겨서 적어도 내 삶에는 내가 갑력을 키우자. 내 삶의 주인이 되자.

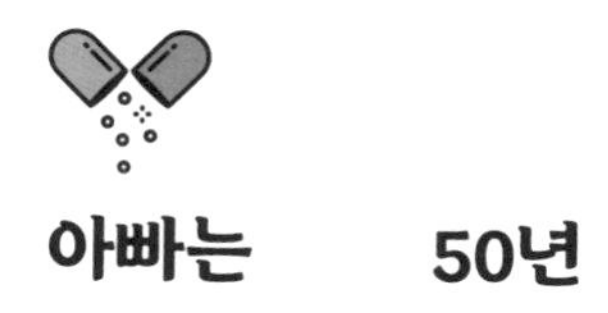

아빠는 50년 회사원

우리 아빠는 50년을 회사원으로 지냈다. 처음에는 그 숫자를 듣고, '우리 아빠, 참 오래 다녔구나' 수준이었는데 오늘 아침 출근이 너무 하기 싫어서 갑자기 그 50이란 숫자를 떠올려봤다.

100세 시대, 보통 정년이 60세면 길어야 30-40년 다니고 은퇴를 한다. 그 이후 오래 산다는 전제 아래 일한 세월만큼의 30-40년 정도는 일 없이 지내는 게 정상일 터. 그런데 우리 아빠가 그보다 10년은 더 회사에 다니고 계신다는 사실을 깨닫고 깜짝 놀랐다. (물론 정규직은 이미 예전에 끝났고 작은 회사에서 계약 근무 중이시다. 사장님 아니고 순수하게 월급쟁이로 다니셨음을 밝혀둔다.)

회사에 50년을 다니려면 몇 가지 요건을 충족해야 한다.

우선 회사에서 필요한 존재로 인정받아야 한다. 남의 돈 벌기 쉽지 않다는 말을 많이 들어봤을 것이다. 친한 언니는 스타트업 회사에 들어간 지 한 달 만에 실적이 없다고 잘렸다. 그곳은 시간이 곧 비용이라 합리적으로 선택했다고 변명하겠지만, 한 달 안에 실적을 내라는 것이나, 사람을 무 자르듯 쉽게 자르는 것이나 참 씁쓸하다. 한편 사회복무요원으로 회사에 들어가 주어진 일을 잘 수행하고, 마침 회사 취업 공고가 났을 때 지원해서 정규직이 된 직원도 있다. 사회복무요원일 때의 성실함이나 일을 대하는 태도가 회사에서 필요한 존재로 인정받은 사례다. 지금 자리에서 우리는 필요한 존재로 살고 있을까? 처음에는 그 자리에 맞는 사람이 아닐 수도 있지만, 오래 일을 한다는 것은 어떤 일을 맡든 그 자리에 필요한 사람이 되었기 때문일 거라 추측할 수 있다.

다음으로, 늘 시달리는 퇴사의 유혹을 이겨야 한다. 겨우 18년쯤 직장생활을 한 나는 이미 여러 번의 퇴사와 입사를 반복했다. 나날이 조여오는 실적 압박이며, 말 안 듣는 후배, 얄미운 상사를 극복해야 한다. 거기다가 머릿속에서 백 번도 더 낸 사표를 실제로 내밀지 않을 용기도 필요하다. 아침부터 눈 뜨고 출근하기 싫은 모든 날을 극복해야 한다. 결국 이것은 나와의 싸움이다.

그리고 무엇보다 중요한 게 있다. 바로 건강관리다. 아빠보다 나이가 어린 사람들이 회사를 관둔 주된 이유는 몸이 아파서 더 이상 일을 할 수 없었기 때문이다. 이제는 병을 극복하기보다 병과 같이 지내며 늙어가는 시간이 길어질 터. 꼭 직장에 다니지 않더라도 건강은 반드시 챙겨야 한다. 몸이 건강하면 무엇이든 할 수 있다. 무엇인가를 하고자 하는 의지만 있다면 말이다.

참 여러 가지가 잘 맞물려서 아빠가 회사를 아직도 건강히 잘 다니고 계시다는 생각에 이르니, 문득 모든 것에 감사하다는 마음이 들었다. 아침에 눈 떠서 회사에 가기 싫었던 수많은 나날을 어떻게 극복하셨을까 내심 존경스럽다. 그런 아빠도 어느 날 한숨을 내쉬며 사회생활 한 번 안 해본 고향 친구들 이야기를 하신다. 그분들은 초등학교만 졸업하고 직장을 다녀본 적은 없지만 가지고 있던 땅이 올라 다들 부자가 되었다는 이야기. 자신은 50년 세월 동안 가진 것이 작은 집 한 채뿐이라고 자조 섞인 말씀도 하신다. 하지만 나는 이렇게 생각한다.

부자가 꼭 돈만 많다고 부자인가요? 저희 자매는 덕분에 큰 탈 없이 평범하게 잘 컸습니다. 회사를 그만둔 후배들이 여전히 아버지 당신을 존경하는 선배라며 아직도 때 되면 선물을 보내주시죠? 그걸 또 그냥은 안 받는다며 갑절로 챙겨주시지요.

당신은 성실함의 끝판왕이자 인복 부자가 맞습니다!

아빠, 건강하게 제 옆에 오래 계셔주세요. 사랑합니다.

인생약사의 올바른 약정보

노화가 진행되는 것 같아요

나이 들면 더 챙기는 영양제

인간은 누구나 늙고 싶어하지 않는다. 하지만 노화는 우리의 바람과 상관없이 계속 진행된다. 노화에 대한 다양한 이론이 있다. 그중 가장 신빙성 있는 것이 '유해 산소(활성산소)' 이론이다.

우리가 음식을 섭취하면 호흡으로 들어온 산소와 탄소, 수소가 결합해 '산화' 과정을 거친다. 이때 정상적인 산화과정을 거치면 이산화탄소와 물이 만들어진다. 여기까지는 정상이다. 이때 정상적인 산화과정을 거치지 않고 불완전 산화 등의 이유로 유해산소가 만들어진다. 생명을 유지하기 위해 에너지를 흡수하고 이를 활용하는 사이 유해산소가 발생하고 이것이 끊임없이 정상세포를 공격한다. 노화의 진행을 막기 위해 항산화제가 필요한 이유다.

한편 나이가 들면서 식사량은 줄고 소화 능력이 떨어지므로 적절한 영양제의 보충이 필요하다. 이미 먹는 약이 있다면 약 때문에 더 챙겨야 하는 영양제도 있음을 기억하자.

항산화 영양제 : 비타민C·E

몇몇 포유류를 제외하고 비타민C는 생체 내에서 합성된다. 하지만 사람이 그 몇몇 포유류에 들어간다. 사람은 항산화제인 비타민C를 생합성하지 못한다. 비타민C의 주 기능인 항산화 효과를 위해 지속적인 섭취가 필요하다.

비타민E는 세포막과 지단백 표면의 유해산소를 제거한다. 또 세포 내 단백질과 DNA의 산화성 손상, 세포막 변성도 방지한다. 콜레스테롤과 지방의 산화를 방지하는 일도 한다. 이때 비타민E의 항산화 작용은 다른 항산화제인 비타민C나 글루타치온의 도움이 있어야 더 높은 효율을 보인다.

종합영양제(멀티비타민미네랄)

평생 사라지지 않을 것 같은 입맛도 나이가 들면서 줄어드는 경향이 있다. 예전과 같은 양을 먹어도 소화효소나 위산 분비가 줄고 장운동이 떨어져 영양소 흡수율이 적어진다. 칼로리는 줄이고, 비타민이나 미네랄은 보충해주어야 한다.

칼슘, 비타민D, 마그네슘, 비타민 K2

나이가 들며 가장 변화가 큰 것이 뼈다. 골밀도가 낮아져 골절이 쉽게 생긴다. 칼슘 단일제의 고함량 복용 시 혈관이나 신장에 칼슘이 침착돼 심혈관 질환의 위험이 높아진다. 뼈로 가는 칼슘의 운반이나 저장을 위해 칼슘 단일제 섭취보다는 비타민D, 마그네슘, 비타민K2 등을 같이 복용한다.

은행잎 엑스(은행잎 추출물)

전문의약품으로 처방되는 콜린알포세레이트가, '치매 예방약'이라는 명목으로 어르신들 사이에 소문이 났나 보다. 이 콜린알포세레이트를 처방해달라는 경우가 꽤 있다. 콜린알포세레이트는 뇌혈관 결손에 의한 2차 증상 및 변성 또는 퇴행성 뇌기질성 정신증후군, 감정 및 행동 변화, 노인성 가성 우울증에 약효를 인정받았지만, 어디에도 치매 예방에 대한 언급은 없다. 치매는 아직까지 예방약이 없다. 따라서 이 약을 정상 성인이 치매 예방을 위해 먹는 것에는 근거가 부족하다. 콜린은 흥분 자극에 관여하는 신경전달물질이기 때문에 과잉 복용 시 예민해진다거나 적개심, 불면이 생길 수 있는데 이는 가장 대표적인 부작용이다.

기억력 감퇴에 도움이 되는 보조제는 '은행잎 추출물'이 있다. 은행잎이라고 하면 흔히 '혈액 순환제'로 인식하는데, 독일 의학저널 《Arzneim Forsch Drug Res》에 50세 이상의 알츠하이머병 또는 혈관성 치매 환자를 대상으로 은행엽건조엑스 투여 시, 인지 기능이 의미 있는 수준으로 개선됐다는 연구가 있다. 또 국제약리학 학회의 공식 저널 《Journal of Ethnopharmacology》에 치매 환자 대상 은행잎 추출물 효과와 관련된 문헌을 검토한 결과, 하루 200mg 이상 22주 이상 복용 시 위약 대비 인지 기능, 일상 활동, 전반적인 임상 인상 척도 개선 등 치매 치료에 효과가 있는 것으로 나타났다. 하지만 은행잎 추출물은 혈액을 묽게 만든다. 심혈관 질환 예방을 위해 저용량 아스피린을 복용하거나 항혈액응고제를 복용하고 있다면 은행잎 추출물은 출혈 경향을 높일 수 있어 주의가 필요하다.

약을 복용하고 있다면

나이가 들수록 기저질환으로 약을 복용하는 사람이 많아진다. 약에 의해서도 영양소가 부족해지는데 이 개념을 미국의 수지 코헨 약사는 '드럭 머거'(Drug Muggers)라는 용어로 설명했다. 드럭 머거는 복용하는 여러 약들이 우리 몸의 필수적 영양소를 고갈시킬 수 있다는 것이다. 이 말은 먹던 약을 무조건 중지하라는 것은 아니고, 약 복용으로 부족해진 영양소의 보충이 필요하다는 개념이다. 특히 고혈압, 당뇨, 이상지질혈증과 같은 대사성 질환 약은 장기 복용하기 때문에 더욱 영양소의 고갈에 신경을 써야 한다.

고지혈증 약 스타틴 계열을 먹는 경우 코엔자임큐텐(CoQ10)이 부족해진다. 코엔자임큐텐은 40대부터 몸에서 만들어내는 양이 떨어지기 때문에 하루에 100~200mg은 보충해주는 게 좋다.

혈압약은 비타민B군, 비타민C, 칼슘, 마그네슘, 아연 등을 고갈시킨다. 대부분의 당뇨약은 비타민B12, 엽산, 유익균과 코엔자임큐텐의 부족을 일으킨다. 그밖에도 제산제의 복용은 칼슘과 인을 부족하게 하고, 위궤양 치료제는 비타민B12, 엽산, 칼슘, 아연, 철분, 비타민D를 고갈시킨다. 여기저기 관절이 아플 때 처방받는 소염진통제나 스테로이드는 공통적으로 비타민C와 엽산을 고갈시킨다.

위에 내용을 보고 기존에 먹던 약을 절대 임의로 끊지 말자. 평소 복용하던 약이 많고, 영양제의 보충이 필요하다면 전문가와 상담해보자.

다 해내고도 행복하지 않은 이유

자기계발서를 읽다 보면 성공한 그들은 부모의 학대, 가난, 큰 질병 등 모두를 극복하고 성공에 이른다. 하지만 보통의 우리는 그런 큰일 하나보다는, 끊임없이 자잘한 불편한 순간들 때문에 지치고 만다.

학교에서 배우는 내용은 살아가는 데 큰 도움이 안 될 것 같은데도 우린 계속 배워야 한다. 중간고사, 기말고사, 모의고사 등등 시험은 또 왜 이렇게 많은지.

겨우 대학을 졸업해 취직할 때가 됐는데 취직이 잘 안 된다. 서류를 얼마나 많이 넣었는데 나 같은 인재를 몰라주는 걸까! 세상이 얄밉다. 내 능력을 펼치기에 조금 작긴 하지만 지금 날

뽑아주는 회사에 들어가기로 한다. 더는 백수 소리도 듣기 싫고, 경력을 쌓아 이직하겠다는 마음으로.

그런데 이건 또 무슨 일! 취직만 하면 모든 게 풀릴 줄 알았는데 회사에 이상한 사람이 너무 많다. 심지어 상사는 막말 제조기다. 복사부터 심부름까지, 정말 이게 일을 하러 온 건지 잡일을 하러 온 건지 모르겠다. 더럽고 치사한데 카드값 때문에 관두지도 못한다. '이 일을 언제까지 해야 하나, 여기는 나랑 맞지 않아!' 이미 머릿속에는 몇 번이나 회사를 관두고 다시 다니고를 반복하고 있다. 일도 힘들고 사는 게 재미도 없다.

그러다가 우연히 누군가 만난다. 갑자기 온 우주가 이 사람으로 가득하다. 이 사람은 내 삶의 의미다! 문제는 우주가 너무 자주 바뀐다는 것이다. 만나다가 헤어지고, 또 만나고. 이제 연애도 재미없다. 일도 싫고 사람도 싫고 다 포기하고 싶은 바로 그때, 운명의 내 사람을 만난다! 순식간에 결혼 이야기가 나오고 부부가 된 순간, 시가 혹은 처가라는 가족이 더 생긴다.

결혼만 하면 행복할 줄 알았는데 이제 양가에서 아이는 언제 낳느냐고 아우성. 결국 새로운 생명의 탄생과 함께 부모가 되고 나면, 이번에는 육아의 세계가 기다린다. 생전 처음 해보는 부모 노릇은 누가 가르쳐주지도 않고 어렵기만 하다. 자다가 깨서 기저귀도 갈고, 이유식도 먹이고, 이제 어느 정도 사람 되었다 싶은 순간이 되니 요 녀석이 자아가 생겨서 말대꾸가 장난 아니다.

앞에 글을 읽고 마치 자기 이야기처럼 느껴지지 않나? 늘 이것만 하면 행복할 줄 알았는데, 다음, 그다음이 나를 기다린다. 포켓몬처럼 진화하는 것도 아니고 나는 제자리인 것 같은데, 어째서 또 다른 과업들이 나를 기다리고 있는 걸까?

살면서 행복했던 순간을 떠올려보자. 정말 바라던 그 일. 그 일을 성취하기 위해 무던히도 애쓰고 겨우 해냈던 그 순간 말이다. 성취의 순간을 맞았을 때 너무나 행복하고 가슴이 벅차오른다. 그런데 행복한 그 순간이 지나고 나면 이후에 밀려오는 허무함에 공허했던 순간이 있지 않은가? 막상 '이것만 하면, 이것만 이루면~' 했던 것을 다 끝낸 후, 가슴 한쪽에 시원함과 함께 밀려오는 그 느낌. '어, 그런데 생각보다 별거 없네?'

글을 잘 쓰는 작가가 되고 싶어 글쓰기 플랫폼 '브런치'에 작가 신청을 했다. 그런데 나름대로 잘 썼다고 뿌듯해하는 글로 두 번 떨어지고 나니 브런치에 합격한 사람들만 눈에 들어왔다. 브런치 작가만 되면 행복이 내게 올 것 같았다. 세 번째 도전에 브런치 작가가 되었다는 이메일을 받고 얼마나 행복하던지! 그런데 그렇게 원하던 브런치 작가가 되고 난 후, 글을 쓰는 것은 그냥 내 일상이 되었다. 글을 쓰는 일은 나에게 성취에 대한 보상을 준다거나 다음 단계로의 진화를 의미하지 않았다. 오히려 글을 쓰면서 나의 삶을 돌아보니, 나는 행복이란 단어를 붙이기 위해 무슨 일에든 조건을 다는 사람이란 걸 깨달았다. 그것만 일찍 깨달았다면 일을 안 해도, 결혼을 안 해도, 아이가 없었어도 행복했을 거다. 나는 스스로 그 모든 것들을 선택하고는, 다음 단계에 가야 행복할 것처럼 계속 투정과 불평을 반복했던 거다.

"행복하기를 원한다면 조건을 달지 마라."

『상처 받지 않는 영혼』(라이팅하우스)의 저자 마이클 싱어는 삶의 목적이 '경험'을 즐기고, 거기서 '배우는 것'이라고 말한다. 요즘 그의 말들이 조금씩 이해되기 시작했다.

다 해내고 행복하지 않다고? 그냥 과정을 좀 즐기자.

내가 내건 조건들이 날 옭아맨다면 그 줄을 좀 느슨하게 풀어보자. 내가 그랬다. 나를 위한 행복이랍시고 무슨 일을 할 때마다 조건을 내세웠다. 이것만 하면 나아질 거라고. 그 과정을 즐기지 못했다. 혼자 지치고 힘들었다. 뭔가 이루기 위해 조건을 걸어놓고 쉽게 지치지 말고, 이왕 행복하기로 했으면 조건 없이 행복해지자.

삶에 내맡기기

문제는 예고 없이 들이닥친다. 막 신발을 신고 나가려는 순간, 집안에서 수도가 새는 식이다. 주말 저녁 둘째가 다니는 어린이집에 코로나 확진자가 발생했다는 소식이었다. 어린이집을 폐쇄하니 가정 보육을 부탁한다는 내용이었다. 그때까지만 해도 크게 걱정은 하지 않았고 등원을 못하니 아이를 돌보는 것만 해결하면 될 일이었다. 친정엄마께 보육을 부탁했다. 이 어린이집은 꽤 넓기에 확진자랑 동선이 겹쳐봤자 얼마나 겹치겠나 싶었다. 마침 외부에 일정이 있었고 신랑에게 '어린이집에 확진자가 생겼대' 정도로 알린 후 일정을 마치고 귀가했다. 집으로 와서 가족 모두 코로나 키트로 검사했다. '음성'이라 큰 걱정은 하지 않았다.

문제는 다음 날 아침이었다. 알고 보니 확진자는 우리 아이 반에 있었다. 이미 코로나 검사소에서 PCR 결과를 빨리 받은 아이들을 제외했더니, 결과가 안 나온 사람은 우리 아이 포함 세 명이었다. 월요일 저녁 퇴근 후 한 통의 문자를 받았다. 보건소에서 보낸 것이었다. 우리 아이도 밀접 접촉자라 자가격리를 하라는 통보였다. 곧 보건소 자가격리 전담반이 연락할 것이라는 내용도 있었다. 문자를 받고 손이 떨렸다. 그나마 규정이 바뀌어 14일이던 자가격리 기간이 10일로 줄어서, 마지막 접촉일인 3일부터 계산해서 13일까지만 격리하면 되는 것이지만 문제가 있었다. (2021년 12월 코로나19 자가격리 기준이라 지금과 격리 기간 혹은 지침이 다를 수 있음을 미리 밝힌다.)

6살짜리를 혼자 격리할 수도 없고, 친정 아빠도 챙겨야 하는 엄마를 10일이나 우리집에 묶어둘 수도 없었다. 인터넷으로 찾아보니 공동 격리를 신청하면 미취학 아동이 격리될 경우 보호자도 같이 격리를 하면서 아이를 돌볼 수 있었다. 화요일 오전 10시에 가족 모두 가까운 선별 검사소에서 코로나 검사를 받았다. 회사 부서 책임자에게 전화를 걸고 다음 날 오전인 화요일부터 아이와 공동 격리에 들어갔다. 그 사이 아이 반에 한 명이 더 확진되었다. 먼저 검사했던 둘째 아이는 다행히 음성이었다.

초등학생인 큰딸 학교에 문의하니 동거인 중 한 명이 자가격리 중이면 코로나 검사 결과 음성 판정을 받아야 등교 가능하다는 답변을 들었다. 신랑은 음성이라는 검사 결과를 수요일 아침 7시 넘어 받았다. 그런데 이상하게 딸과 내 것이 오지 않았다. 결국 문자 결과가 없어서 큰딸은 학교에 가지 못했다. 아침부터 문자를 기다리는 것 외에 아무것도 할 수 없었다. 보건소는 여전히 전화가 불통이고, 연결되면 계속 다른 부서로 돌렸다. 그렇게 오후 2시가 되었다. 결국 타들어가는 건 내 속. 아무 일도 할 수 없었다. 아무리 공동 격리 중이라지만 부득이 검사 결과를 물어보러 10분 거리에 있는, 어제 검사를 했던 코로나 선별 검사소로 갔다. 그리고 결과 문자가 오지 않는 이유를 물었다. 담당자가 확인차 이름과 연락처를 적어갔다. 잠시 기다리라는 1분이 1년 같았다.

"전화번호 뒷번호가 9XXX 아닌가요?"

"0XXX인데요. 제 글씨가 그렇게 못 알아볼 정도인가요?"

나는 확실한 악필인가 보다. 문자가 엉뚱한 곳으로 갔다. 결과는 음성인데 결과 문자를 못 받아서 하루종일 마음이 힘들었다. 쓸데없이 마음을 졸였던 건 결국 전화번호를 이상하게 쓴 내 탓이다. 이런 내 속도 모르고 원래 집순이, 집돌이인 큰딸과 둘째는 집에서 그림을 그리고, 텔레비전을 보고, 자기들끼리 놀이에 빠져서 신났다.

어린이집 확진자 발생, 처음 경험하는 자가격리, 검사 결과는 음성인데 엉뚱하게 다른 데로 간 문자 등 모두 내가 어떤 식으로도 의지를 행사할 수 없는 상황임에도 불구하고, 결국 모든 일이 물 흐르듯 잘 해결되었다.

책에서 '삶에 내맡기기'라는 말을 자주 보았는데 보면서도 이런 생각이 들었다. '도대체 그게 가능해?'

내 삶을 왜 수동적으로 맡기고 기다려야 하는지, 나는 끝까지 저항하고 버텨서 뭐든 내 의지대로 이루겠다는 마음이 더 강했다. 그런데 이번 일을 계기로 그것이 어떤 의미인지 조금 알게 되었다. 의지로 안 되는 일들이 자연스럽게 해결된 경우도 있고, 지금 와서 돌이켜보면 삶이 내 등을 떠민 적도 있었다. 이전 직장의 퇴사도 그랬다. 나는 세 번이나 퇴사 의사를 내보였다.

처음 부서장에게 퇴사 의사를 밝혔을 때는, 일이 너무 힘들어서 관두겠다고 이야기를 했다. 부서장은 일도 하다 보면 요령도 생기고 적응될 것이라고 했고 나는 그걸 믿고 다시 다니기로 했었다. 두 번째 퇴사 결심은 진짜 작정하고 다른 직장을 알아본 다음 이루어졌다. 다시 부서장 면담을 했고 곧 이직하겠다고 했다. 실제 다른 곳에 출근할 날짜도 받아놨었다. 그런데 같이 일하는 동료들과 헤어지는 게 너무 아쉬워서 말을 번복하곤 다시 다니겠다고 했다. 일은 힘들지만 동료들이 소중했고 같이 있고 싶었던 시절이었다. 그렇게 다시 주저앉아 온갖 험한 말들을 들으며 다녔다. 그런데 결국 자전거 사고를 통해 그곳을 나왔다.

이제 정말 떠날 때라고 삶이 몇 번이나 신호를 줬는데도 받아들이지 않고 버티다가 구급차까지 타고 몸이 망가지는 큰 사건을 통해 비로소 그곳을 나온 것이다. (그때 퇴사하지 않았다면 불평, 불만을 쏟으며 더 험한 꼴을 당하며 아직도 그곳에 다니고 있었을지 모른다.)

나에게 일어나는 일은 모두 좋은 일이라고 믿자.
긍정과 감사의 마음을 늘 품고 마음에 근육을 만들어두자.
지금 삶에서 일어나는 어떠한 일도 다 잘될 일이다.
삶에 내맡기기, 조금 어렵지만 못할 것도 없다.
삶은 결국 물 흐르듯 흘러간다.

인생약사의 올바른 약정보

삶은 내맡겨도 영양제는 직접 챙기자

영양제 표시 보는 법

내가 먹는 영양제에 어떤 성분이 들어있는지 아는가? 제품 겉면을 살펴보면 아주 작은 글씨로 여러 정보가 적혀있다. 직접 보고 구입하는 게 아니라 온라인으로 살 때는 더 자세히 읽어보아야 한다. 약국에서 사는 일반의약품 영양제는 약품이기 때문에 약품의 효능, 효과가 기재되어 있다. 건강기능식품은 효능, 효과 대신 '면역력 증진에 도움을 줄 수 있음' 이런 식으로 기능성에 대한 표시가 있다. 온라인으로 살펴본 어느 제품은 칼슘의 효능에 대해 장황한 설명은 가득했으나 정작 그 제품 속에 칼슘이 얼마나 들었는지에 대한 상세 정보가 빠져있었다. 물론 제품 포장에는 표기되어 있겠지만, 온라인 정보만 보고 구매를 결정할 때 일반인은 정보를 읽지 않고 넘어갈 수도 있겠다 싶었다.
내가 먹는 영양제, 어떻게 읽어야 할까?

제품명, 주성분

제품명이 있는 앞면에는 제품명과 함께 일반의약품 혹은 건강기능식품이라는 분류가 표시되어 있다. 약국에서 구입할 수 있는 의약품 영양제는 '일반의약품'을 확인하고, 약국이나 온라인에서 산 '건강기능식품'은 건강기능식품 마크를 확인하자.

건강기능식품의 경우 우수건강기능 식품 제조기준(GMP, Good Manufacturing Practice)을 통과했다면 이 마크도 표시할 수 있다.

주성분(예를 들면, EPA 및 DHA 함유유지, 비타민D, 비타민E 등), 낱개 무게, 몇 개씩 들었는지 표시되어있다.

효능효과, 영양 기능 정보

일반의약품은 유효성분, 효능효과, 용법·용량, 사용상 주의사항, 보관방법 등이 기재되어 있고 1정에 어떤 성분이 얼마나 들었는지 알 수 있다.

일반의약품정보

[효능·효과]

[용법·용량]

[사용상의 주의사항]

[저장 방법]

[사용기한]

[첨가제]

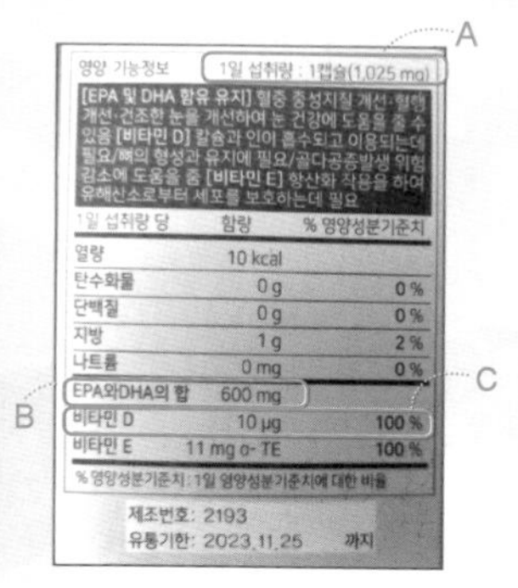

영양 기능정보 1일 섭취량 : 1캡슐(1,025 mg)

[EPA 및 DHA 함유 유지] 혈중 중성지질 개선·혈행개선·건조한 눈을 개선하여 눈 건강에 도움을 줄 수 있음 [비타민 D] 칼슘과 인이 흡수되고 이용되는데 필요/뼈의 형성과 유지에 필요/골다공증발생 위험 감소에 도움을 줌 [비타민 E] 항산화 작용을 하여 유해산소로부터 세포를 보호하는데 필요

1일 섭취량 당	함량	% 영양성분기준치
열량	10 kcal	
탄수화물	0 g	0 %
단백질	0 g	0 %
지방	1 g	2 %
나트륨	0 mg	0 %
EPA와DHA의 합	600 mg	
비타민 D	10 μg	100 %
비타민 E	11 mg α- TE	100 %

% 영양성분기준치 : 1일 영양성분기준치에 대한 비율

제조번호: 2193

유통기한: 2023.11.25 까지

좌 : 일반의약품 정보 표시, 우 : 건강기능식품 표시 중 영양·기능정보

한편 건강기능식품은 원료명 및 함량, 섭취량 및 섭취 방법, 섭취 시 주의사항, 보관방법, 제조원 등이 표시되어 있다. 이때 건강기능식품은 약이 아니므로 약효라고 표현하지 않는다. 건강기능식품은 정해진 문구의 영양 및 기능 정보만 표시할 수 있다. EPA 및 DHA 유지의 합이 600mg 이상이면 '건조한 눈을 개선해 눈 건강에 도움을 줄 수 있음' '혈행 개선, 혈중 중성 지질 개선에 도움을 줄 수 있음'을 표시할 수 있어 두 가지가 쓰여있다.

주의할 것은 1캡슐이 1,025mg인데 이것은 EPA와 DHA의 합이 1,025mg이라는 것이 아니라 유효성분과 함께 부형제 등을 모두 넣은 캡슐 한 알의 무게를 말하는 것이다(A).

유효성분은 영양 정보에 표기된 사항을 잘 봐야 한다. 실제 예를 든 제품은 1회 1캡슐을 복용 시 EPA 및 DHA가 600mg임을 알 수 있다(B).

한 알의 무게와 유효성분의 함량을 착각하지 말 것.

여기서 잠깐! 영양성분 기준치란?

영양성분 기준치란, 일반인(4세 이상 어린이 및 성인)의 평균적인 1일 영양성분 섭취 기준량을 정해놓은 것이다. 이는 한 가지 영양성분에 대해 성별, 나이별로 다른 권장량을 가지는 '한국인 영양소 섭취기준'을 영양표시의 기준으로 사용하기 어렵기 때문에 이용하는 수치다. 실제로 2020년 '한국인 영양소 섭취기준'에는 비타민D의 충분 섭취량이 남녀 6-11세 5μg, 12-64세는 10μg 65세 이상 15μg이지만, 앞 페이지 오른쪽 표시에는 비타민D 10μg 100%라고 쓰여있음을 확인할 수 있다(C).

+ 플러스 정보

'% 영양소 기준치'란?

해당 식품에 포함된 각 영양성분 함량의 영양소 기준치에 대한 비율로, 하루에 섭취해야 할 영양 성분량의 몇 %인지를 나타낸다. 이를 이용하여 해당 식품이 차지하는 영양적 가치를 쉽게 이해하고, 식품 간의 영양성분을 쉽게 비교할 수 있도록 돕는다.

영양성분	기준치	영양성분	기준치	영양성분	기준치
탄수화물(g)	324	크롬(μg)	30	몰리브덴(μg)	25
당류(g)	100	칼슘(mg)	700	비타민B12(μg)	2.4
식이섬유(g)	25	철분(mg)	12	바이오틴(μg)	30
단백질(g)	55	비타민D(μg)	10	판토텐산(mg)	5
지방(g)	54	비타민E(mgα-TE)	11	인(mg)	700
포화지방(g)	15	비타민K(μg)	70	요오드(μg)	150
콜레스테롤(mg)	300	비타민B1(mg)	1.2	마그네슘(mg)	315
나트륨(mg)	2,000	비타민B2(mg)	1.4	아연(mg)	8.5
칼륨(mg)	3,500	나이아신(mg NE)	15	셀렌(μg)	55
비타민A(μg RE)	700	비타민B6(mg)	1.5	구리(mg)	0.8
비타민C(mg)	100	엽산(μg)	400	망간(mg)	3.0

비고

1. 비타민A, 비타민D 및 비타민E는 위 표에 따른 단위로 표시하되, 괄호로 IU(국제단위) 단위를 병기할 수 있다.
2. 위 표에도 불구하고 영유아(만 2세 이하)용으로 표시된 식품등의 1일 영양성분 기준치에 대해서는 『국민영양관리법』 제14조제1항의 영양소 섭취기준에 따른다. 다만, 만 1세 이상 2세 이하 영유아의 탄수화물, 당류, 단백질 및 지방의 1일 영양성분 기준치에 대해서는 탄수화물 150g, 당류 35g 및 지방 30g을 적용한다.

출처 : 식품의약품안전처 〈한눈에 보는 영양표시 가이드라인〉 2020년 11월 자료

4장

새로운 난 무슨 맛?

니가 왜 거기서 나와?

처음 증상이 나타난 것은 5, 6살 때쯤이었다. 아빠 회사 야유회에 따라갔다가 춘천에서 막국수 한 젓가락을 먹었다. 집에 오는 동안 입술이 풍선처럼 부풀어 얼음찜질을 해 가라앉혔다. 또 한참 지난 후 냉면 한 젓가락을 먹고 온몸이 간지럽고 두드러기가 생겼다. 그렇게 알게 되었다.

막국수와 냉면의 공통점은?

바로 '메밀'. 메밀 알레르기였다. 그때 이후로 냉면, 막국수, 소바 등 메밀이 든 모든 음식을 먹지 못했다. 당연히 못 먹어봤으니 그것들이 어떤 맛인지 알지 못한다. 냉면 그건 도대체 무슨 맛인가요?

몇 년 전 내 생일 식사. 아버지가 특별히 좋은 한정식집을 예약했다. 맛깔스러워 보이는 반찬 중에 야채전을 하나 집어먹었다. 그런데 갑자기 목이 간질간질하더니 얼굴이 부어오르기 시작해서 코와 얼굴에 경계선이 사라졌다. 온몸이 간지럽고 기도가 부어오르는 느낌이었다. 식사하다 말고 나와 알레르기 약부터 사 먹었는데 더 늦었으면 응급실에 갈 뻔했다. 피한다고 피하는데도 하필 그 야채전에 메밀이 들어가 있을 줄은 몰랐던 거다.

이 일 이후로 나는 혹시 의심스러워 보이는 모든 음식은 일단 물어보고, 지갑 속에 알레르기 약(성분명 염산 세티리진)을 가지고 다닌다. 최근에도 주말에 닭갈비를 먹으러 갔다가 '그것'의 급습을 받았다. 난 분명 열무김치, 김칫국, 상추와 닭갈비를 먹었는데 갑자기 기도와 입술이 붓는 느낌이 들었다. 지갑에 챙겨둔 상비약을 재빨리 챙겨먹었다. 알고 보니 범인은 열무김치였다. 열무김치 담글 때 녹말풀이 들어가는데 이 집은 메밀가루를 써서 녹말풀을 만든단다.

아니, 열무김치 거기서 왜! 메밀 니가 왜 거기서 나와? 나에게 김치는 너무나 당연히 배추와 고춧가루로 만드는 음식이었다. 거기서 메밀을 만날 줄 상상도 못 했다.

인생에 피하려 해도 피할 수 없는 일들이 꼭 있다. 직장상사도 내가 마음대로 고를 수 없다. 일터에서 만난 직장동료도 내가 고른 게 아니다. 주위에 진짜 나쁜 사람이 있어서 억울하게 당하게 되는 일도 있다. 내가 노력해서 피하려 해도 피하지 못하고 속수무책 당하는 일들이 종종 생긴다.

그럴 때마다 예전의 나는 울었다. 피하지 못한다면 즐기라는 말은 내게 사치였다. 내 맘대로 안 되고 당하게 되는 모든 일에는, 혼자 펑펑 우는 것이 유일한 해결책이었다.

그런데 요즘의 나는 달라졌다. 메밀에 대응하는 알레르기 약처럼 든든히 챙기는 게 하나 있다. 바로 '마음 근육'이다. 훅 올라오는 부정적인 감정에 대처해 내 마음을 돌보는 방법이다. 내가 마음을 어떻게 먹느냐에 따라서 얼마든지 내 감정을 조절할 수 있다. 같은 상황도 내가 세상을 어떻게 바라보느냐에 따라 달라진다는 것을 깨달았다.

가끔 훅 들어오는 누군가의 말이 비수처럼 아직도 내 마음에 꽂힌다. 그렇지만 알레르기 급성반응처럼 가렵고 힘들고 불편한 느낌은 예전보다 덜하다. 아직 마음의 근력이 가득 찬 것은 아니지만, 늘 내 마음을 의식하고 마음 근육을 키우기 위해 노력한다. 좋은 책을 읽고, 감사일기를 쓰고, 긍정 확언을 하며 하루하루 작게나마 내가 원하는 목표를 향해 작은 것을 행하고, 또다시 무너지다가도 다시 일어나는 것이 내 삶의 방식이 되었다.

마음 근육을 기른다는 것은, 프로필 사진을 찍을 때 드러나는 복근이나 어깨 근육을 만들기 위해 바짝 최고조로 올리는 그런 근육이 아니라 지치지 않는 나를 위해 기르는 생활 근육이다. 아이를 안아주고 돌보기, 직장에서 활력 있게 일하기, 집안일을 할 수 있는 생활 근육처럼 일상에서 나를 조용히 지지해주는 근육이다. 일상에서 훅 들어오는 막말 상사, 막말 동료, 막말 가족. 그 누구도 내 삶을 책임지거나 내 마음을 돌봐주지 않기에 매일매일 스스로 마음 근육을 단련한다.

누군가 내 마음을 훅 건드려서 괴로운가? 알레르기가 나타나 두드러기가 생긴 것처럼 숨도 차고, 힘들고 답답한가?

그때 여러분도 마음 근육을 써서 삶의 괴로움을 좀 덜었으면 좋겠다. 마음 근육이 단단하면 할수록 다른 누가 아닌 나의 내면만 신경 쓰면 된다.

삶은 결국 내 것이고 내 마음도 나만이 지킬 수 있다.

울지 않으려고 점을 뽑았다

어렸을 때부터 눈물이 많았다. 작은 일에도 금방 '우앵~' 울고 나서 눈물을 훔쳤다. 어른들은 나에게 마음이 너무 약해서 탈이라고 자주 말했다.

물론 이것은 커서도 마찬가지였다. 상사가 내게 막말을 하고 나가면, 어김없이 눈물이 터져서 멈추기 힘들었다. 회사에서 흐르는 눈물을 감추기 위해 화장실에 들어가 10분 이상 나가지 못한 적도 있었다. 그 당시 다니던 회사 2층에는 여자 직원이 많지 않았다. 여자 화장실은 단 두 칸. 그중 한 칸을 차지하고는 10분 넘게 나가지 않았으니 아마 다들 내가 거기 있다는 것쯤은 짐작했을 것이다. 그렇게 내 마음은 늘 누군가의 말 한마디에 상처받기 쉬운 유리같이 투명하고 깨지기 쉬운 상태였다.

그러다가 불현듯 거울을 보면서 문제가 무엇인지 발견했다! 내 왼쪽 눈 옆에 점 세 개가 나란히 있었는데 마치 눈물이 흐르는 모습과 같아 보였다. 사람들은 그 점이 '눈물점'이라고 알려주었다. 그렇게 내 눈물의 원인을 찾았다. 이 점만 빼면 울보에서 벗어날 수 있을 것 같았다. 20대 후반에 생전 처음으로 피부과에 가서 점을 빼는 시술을 받았다. 미세하게 살 타는 냄새가 난 후, 그 점들은 조용히 사라졌다. 그렇게 '점'은 '내가 울었던 모든 이유'라는 '누명'을 뒤집어쓴 채 내 얼굴을 떠났다. 속이 시원하고 그날부터 모든 게 잘 풀릴 것 같았다.

그 후에 나는 더 울지 않았을까? 절대 아니다. 달라지지 않았다. 여전히 많이 울고 쉽게 다쳤다. 어쩌면 내 마음속에는 점이라도 빼야 내가 좀 달라질 수 있지 않을까 싶었나 보다.

나는 늘 마음이 강한 사람이 되고 싶었다. 더 이상 만만하게 보이지 않는 사람이 되고 싶었다. 대학원 시절 나 다음으로 조교 업무를 맡은 언니에게 이것저것 업무를 인계할 때였다. 한참 조용히 듣다가 그 언니가 말하기를, "너 그런데 왜 이렇게 착한 척해?"라고 하더라. 착하면 착한 거지 착한 척은 또 뭔지. 그때도 나는 그런 말을 들어 속상하다는 표현도 못 하고 눈물만 흘렸다.

과거 소개팅을 한참 하던 시절에도 눈물로 밤을 지새웠다. 연애를 안 해봤으니 당연히 연애의 기술도 없고, 기술이 없으니 관계가 오래가지 못했다. 나쁜 남자들은 나의 자존심을 팍팍 깎아 내렸다.

"보고 싶은 사람이 연락하는 거지. 네가 먼저 연락해라."

"너는 나 말고는 만날 친구도 없냐?"

여러 사건을 통해 문제를 알아냈다. 문제는 겉모습이 아니고 내 내면이었다. 자존감이 낮았던 나는 누굴 만나도 결과가 같았다. 나만 상처 입고 나만 마음이 힘들었던 거다.

어느 순간부터 남들에게 맞추는 일도, 뭔가 더 해주려는 것도 하지 않았다. 그냥 나 혼자서도 행복한 삶을 추구하고, 내가 나를 사랑하겠다고 결심하니 하루하루가 행복해졌다. 누구를 만나든 만나지 않든, 스스로 행복해지니 굳이 연애에 목맬 일도 없었다. 자존감 회복 얼마 뒤, 신기하게도 영혼이 맑아 보이던 지금의 신랑을 만났다. 신랑이 가끔 나를 화나게 할 때도 있지만 서로의 순수함에 이끌린 그 시절이 있었기에 지금이 있다.

나를 사랑하자. 자존감은 내가 지키는 거다. 충분히 자존감이 회복되면 우리는 비로소 진정한 사랑을 할 수 있다.

그중에 최고의 사랑은 바로 나에 대한 사랑임을 잊지 말자.

니 탓이오 운동본부를 만들 뻔하다

나는 천주교 신자였다. (과거형으로 말하는 이유는 지금은 모든 종교의 진리는 하나라고 생각해서 어느 종교 시설도 다니지 않기 때문이다.) 천주교에서 미사 중 드리는 기도에 이런 구절이 나온다.

"내 탓이오. 내 탓이오. 내 큰 탓이로소이다."

성당을 열심히 다니던 시절, 이 말을 읊었지만 이 기도를 외우면서 진짜 내 탓이라 생각한 적은 없었다. 아니, 모든 게 왜 내 탓이냐는 말이다!

과거에 내가 속수무책 당했던 일들을 떠올려봤다. 회사에 출근하는 길, 갑자기 나타난 오토바이가 왜 내 차를 들이박았는데? 지하철에서는 또 어땠고? 지하철을 탔는데 반대편 자리에서 어떤 할아버지께 시비를 거는 아저씨가 보였다. 나는 별 생각 없이 그 아저씨를 쳐다봤다. 그랬더니 갑자기 그 아저씨가 달려와 "어딜 째려보냐?"며 내 뺨을 때린 일은 어떻고?

지금까지의 내 세상은 모든 것이 불합리하고, 이상한 일투성이에, 말도 안 되는 일만 가득했다. 이를 모두 내 탓이라고 하면 나는 정말 재수 없는 사람이 되는 거다! 그러니 진심으로 내 탓으로 받아들이는 건 절대 용납할 수 없었다. 내 탓 아니고 이건 분명 남 탓인 것이다. 속된 말로 '니 탓!!!' 친구들에게 '니 탓이오 운동본부'를 만들겠다고 진지하게 말했다. 실제 만들었으면 가입자가 어마어마했을지도 모른다!

그렇게 직장에서, 길거리에서, 또 집에서 시시때때로 마주치는 짜증나는 일 앞에서 속수무책 당하는 나는 늘 피해자였다. 내가 할 수 있는 일은 아무것도 없었다. 분노가 쌓이면 쌓일수록 몸이 아프고 일은 더 힘들었다. 특히 힘들었던 2018년. 일은 일대로 힘들고, 육아는 육아대로 지쳐 거의 시체 같은 상태로 한 해를 보내야 했다. 운동본부는 못 만들었지만, 꾸준히 남 탓도 하고 있었다. (나름대로 실천 대장이다.)

그런데! 2019년 2월, 갑자기 내 머릿속에 이런 생각이 들어왔다. '더 이상 이렇게 살 수 없다!' 무엇을 검색했는지 기억도 안 나는데, 연관 검색어들이 꼬리에 꼬리를 물면서 한 포털 카페에 들어갔다. 다들 〈감사일기〉라는 걸 직접 쓰기도 하고 카페 글에 감사 댓글을 다는 곳이었다. '인생 별거 있나? 뭐가 감사하다는 건지?' 자꾸 보다 보니 나도 한 줄 쓰고 싶어졌다. 그래서 노트에 생각을 적기 시작했다.

⁘

살아있음에 감사합니다.
직장 있음에 감사합니다.
아이들이 있어 감사합니다.

시작이 어렵지 막상 쓰다 보니 꽤 쓸 게 있었다. '뭐 써보니 나쁘지 않네~' 그렇게 한동안 감사의 글을 써나갔다. 글을 쓰기 위해 찾다 보니 감사한 일들이 은근히 많았다.

문득 오토바이 사고를 다시 떠올렸다. 내가 차 백미러를 제대로 봐야 했는데 백미러를 좀 더 주시하지 않았구나. 지하철에서는 눈이 나쁜데도 불구하고 안경을 끼지 않았던 내 모습이 떠올랐다. 어라, 이상하다. 다 내 탓이었나? 그 모든 순간이?

감사일기는 조금씩 내가 세상을 바라보는 관점을 바꾸었다. 네 탓만 할 때는 세상을 향해 욕만 퍼부었는데, 내 탓이라고 생각하니 내가 해야 하는 일들이 보였다. 나는 더 이상 피해자가 아니라 내 의지대로 사는 사람이 되었다. 그렇게 처음 보는 '내 탓 세상'으로 들어갔다. 니 탓이오 운동본부는 폐업했다.

인생약사의 올바른 약정보

알레르기 반응이 있는 식재료는 먹지 말자!

식품 알레르기

전 세계 2억 5천만 명이 170가지 이상의 식품 알레르기로 고통을 겪고 있으며 이들 중 대부분이 1-3가지 음식에 알레르기가 있다고 한다. 식품 알레르기를 관리하려면 식단 변경은 물론이고 생활방식의 변화까지 감수해야 한다.
면역이란 우리 몸속에 바이러스나 세균과 같은 이물질이 들어왔을 때 체내에 항체가 만들어져 외부 물질을 무찌르는 좋은 시스템이다. 그런데 몸에 해를 끼치지 않는 물질도 나쁜 물질로 인식하고 반응해 다양한 증상을 유발하는 것이 우리가 아는 알레르기다. 우리 몸에 특정 자극이나 원인 물질이 노출되면 비만 세포라는 곳에서 히스타민과 기타 매개물질이 분비된다. 히스타민은 혈관을 확장시키고 혈관의 투과성을 증가시켜 면역과 관련된 인자의 전달을 돕는다. 하지만 예전에 질병을 앓았거나 과도한 스트레스를 받으면 부신에서 이 히스타민이 더 과도하게 방출되어 염증 반응, 즉 알레르기 반응이 나타난다.

식품 알레르기와 주요 반응

식품 알레르기란 특정 음식에 알레르기 반응을 보이는 질환이다. 두드러기, 홍반, 가려움증, 기침, 재채기, 호흡곤란, 복통, 구토, 혈압 저하 등을 일으킨다. 흔히 원인이 되는 식재료로는 달걀, 우유, 새우, 복숭아 등이 있다. 증상은 음식을 먹은 뒤 2분 안에 빠르게 나타나는 경우가 대부분이다. 특정 음식을 먹었을 때 몸에 두드러기가 나고 구강 안쪽이 붓는다면 식품 알레르기를 의심해볼 수 있다.

증상이 바로 나타나는 것은 즉시형 알레르기, 몇 시간 혹은 며칠 후 나타나면 지연성 알레르기라고 한다. 흔하진 않지만 특정 음식이 아나필락시스를 일으켜 제때 치료받지 못하면 목숨을 잃을 수도 있다. 아나필락시스는 심각하고 치명적인 전신 알레르기 반응이다. 아나필락시스의 주요 반응은 온몸에 나타나는 두드러기, 목젖 부어오름, 호흡곤란 등이다. 아나필락시스 증상이 나타나면 재빨리 병원을 찾아 에피네프린 주사를 맞는 등 응급 처치가 필요하다.

식품 알레르기 유발물질과 건강기능식품상 표시

식의약처는 아래 22가지 식품을 '알레르기 유발물질 표시대상 식품'으로 지정하여 관리하고 있다. 쇠고기, 돼지고기, 닭고기, 난류(가금류에 한함), 우유, 대두, 메밀, 밀, 고등어, 오징어, 게, 새우, 홍합, 조개류, 굴, 전복, 복숭아, 토마토, 땅콩, 호두, 잣, 아황산류(와인 등)다.

식품 알레르기 유발물질 표시대상 식품

식품의약품안전처고시 '식품 등의 표시기준'에 따르면 알레르기를 유발할 수 있는 물질은 함유된 양과 관계없이 원재료명을 표시해야 한다. 원재료명 표시란 근처에 바탕색과 구분되도록 별도의 알레르기 표시란을 마련하여 알레르기 표시대상 원재료명을 표시하는 것이다. 또 알레르기 유발물질을 사용하는 제품과 사용하지 않은 제품을 같은 제조과정(작업자, 기구, 제조 라인, 원재료보관 등 모든 제조과정)을 통하여 생산하여 불가피하게 혼입 가능성이 있는 경우에도 주의사항 문구를 표시해야 한다.

분명히 칼슘제를 샀고 원재료명에도 없었는데 "이 제품은 알레르기 가능성이 있는 우유, 메밀, 돼지고기, 새우 등과 같은 제조시설에서 제조하고 있습니다"라는 문구를 보고 당황하는 사람들이 있다. 건강기능식품도 식품이기에 혼입 가능성 때문에 위 문구를 표시해야 하는 것이 의무사항이라 표시한 것뿐이다. 돼지고기나 우유, 메밀을 넣었다는 뜻이 아니니 놀라지 말자.

내가 식품 알레르기라고?

특정 식품을 먹고 두통, 우울감, 위가 묵직함, 두근거림 등이 있다면 지연형 알레르기도 의심해볼 수 있다. 병원에서 알레르기 피부 반응검사나 혈액을 채취하는 혈청학적 방법이 있지만, 더 간단한 방법은 의심되는 식품을 2주가량 안 먹어 보는 것이다. 이수영 아주대병원 소아청소년과 교수가 작성한 논문에 따르면, 우리나라 성인 중 음식 알레르기를 가진 환자들이 가장 많이 알레르기 반응을 호소하는 음식은 1위가 갑각류, 2위가 견과류였고, 이어 우유와 달걀이 차지했다.

식품 알레르기 예방 및 대처법

가장 좋은 방법은 알레르기 유발 식품을 제한하는 것이다. 이때 주의할 것은 호두에 알레르기가 있다면 헤이즐넛, 브라질너트, 캐슈너트에도 알레르기 반응을 보일 가능성이 크다. 이렇게 원인 식품과 같은 식품군에서 반응을 보이는 것이 교차반응이라고 하는데 교차반응 식품도 같이 제한하는 것이 좋다. 우유에 알레르기 반응이 있다면 치즈, 요구르트, 우유가 든 아이스크림뿐 아니라 교차반응 식품인 산양유나 염소젖도 제한하라는 뜻이다. 또한 대체할 수 있는 식품이 있다면 가능한 대체식품으로 섭취한다.

+ 플러스 정보

식품 알레르기 대체식품

식의약처 식품안전나라 식품 알레르기 대체식품은 다음과 같다.

- 우유의 대체식품 : 두유
- 콩의 대체식품 : 김, 미역, 멸치
- 밀의 대체식품 : 감자, 쌀
- 달걀의 대체식품 : 두부, 콩나물
- 돼지고기의 대체식품 : 쇠고기, 흰살생선
- 생선의 대체식품 : 두부, 달걀, 쇠고기, 닭고기

응급 처치가 필요할 정도로 치명적인 알레르기 반응은 당연히 병원 응급실에 가야 하지만 약한 반응에는 평소 약을 준비해서 다니는 것이 좋다. 상비약을 늘 챙기도록 하자.

항히스타민제는 이러한 증상을 억제해 가려움증을 줄여준다. 1세대 항히스타민제인 클로르페니라민은 임산부의 가려움증에도 선택되는 약이다(단, 임신 초기는 제외이며 의사선생님과 충분히 상담 후 복용 가능하다). 2세대 항히스타민제 중 일반의약품은 세티리진이나 로라타딘이 있다. 메밀 알레르기가 있는 나는 항히스타민제를 항상 소지하고 다닌다.

세상에 먹거리는 많다. 자신에게 알레르기를 일으키는 식품을 발견했다면 되도록 피하고, 더 좋은 음식으로 자신을 채우도록 하자.

일머리보다 운머리

회사에서 같이 일하기 꺼려지는 유형의 사람은 어떤 사람일까? 아마도 상대에 대한 배려심이 없거나 눈치 없는 사람이 아닐까? 배려심은 인성의 영역이고 주관적이다. 내가 힘들 때 상대가 기꺼이 도와주는 배려심이 있다면, 나도 그 사람을 배려하며 일할 것이다. 하지만 유독 그가 나에게 배려심이 없다면, 같이 일하기 쉽지 않다.

한편 우리가 일머리 있다고 하는 사람들의 특징이 바로 눈치다. 한 번 알려주면 척척 눈치껏 알아서 일하는 사람이 있다. 같이 일하면 편하니 누구나 그와 일하고 싶어한다. 어떤 사람은 여러 번 알려줘도 못 알아듣는다. 아니면 아예 자기식대로 해석해 다르게 일을 처리해서 다른 사람이 다시 일하게 만든다. 이런 일머리는 소위 우리가 말하는 좋은 학교 출신이나 머리가 좋은 것과 일치하지 않는다. 그러니 일머리 있는 사람을 구분하는 법은 오직 일을 던져줬을 때 어떻게 해결하는지를 봐야 한다. 우리에게 환영받는 일머리 있는 사람. 나도 일을 할 때는 그와 같이 일하고 싶다!

그런데 놀라운 사실을 발견했다. 사실 회사에서 잘 나가는 사람들이 꼭 일머리 있는 사람들이 아니라는 것. 가끔 너무 무능한데 당신 상사로 있거나, 당신보다 좋은 자리에 있는 사람을 보지 않았는가?

예전 직장의 Y는 연구소 팀장이었다. 평소 이야기하는 것이나 회의 때 말하는 내용을 보면 일머리 없는 사람이라고 느껴졌다. 오죽하면 그 밑에 있던 직원들도 Y 팀장은 능력에 비해 고평가된 사람이라고 수군거렸다. 그 당시를 떠올려보면 Y 팀장은 같이 일하는 사람들 덕에 운이 좋았다. 다들 한결같이 똑똑해서 개똥같이 말해도 찰떡같이 알아들어 새로운 제품을 척척 내놓기 일쑤였다. 내 기억 속의 그는 일머리는 없어도 인복은 많은 사람. 그 이상도 이하도 아니었다.

작년 가을 예전 직장 부서장이 정년퇴임을 하고 새집으로 이사 갔다고 해서 집들이 겸 안부 인사차 다녀온 적이 있다. 그리고 모인 사람들끼리 예전 회사의 추억을 떠올리며 근황을 나누는 자리가 이어졌다. 그 자리에서 놀라운 소식을 들었다!

Y 팀장이 은퇴하던 시점에 마침 다른 회사 대표이사 자리를 제의받아 그곳에 대표로 갔다는 것이다. 내가 집들이에 초대되어 간 상사가 훨씬 능력 있고 인품도 훌륭한데도 은퇴 후 집에 계신다. 그런데 오히려 일머리 없다고 수군대던 Y 팀장이 다른 회사 대표가 된 것이다.

인생은 타이밍이라고 한다. Y 팀장은 절묘하게 맞아떨어지는 타이밍과 아마 내가 모르는 재능을 가졌을 것이다. 그러니 일머리도 중요하지만 운(!)머리가 중요하다는 걸 새삼 깨닫는다. 인생을 살면서 누군가에 의해 평가를 무수히 받는데, 그 평가가 자신의 노력 또는 능력을 다 인정받는 것은 아닌 듯하다.

그러면 운머리는 어떻게 만들어야 할까? 바로, 나 스스로 운 좋은 사람이 돼야 한다. 나는 매일 아침 긍정 확언을 통해서 운이 좋은 사람으로 거듭나고 있다.

빌 게이츠는 아침마다 거울을 보며 이 말을 반복한다고 한다.

"오늘은 왠지 큰 행운이 나에게 있을 것 같다."
"나는 무엇이든 할 수 있다."

어쩌면 Y 팀장은 이런 긍정적인 마인드를 가진 사람이었을

지 모른다. 결국, 운이 좋은 사람은 운을 만들어 가는 사람이다.

나도 매일 아침 외친다.

"오늘 하루 나에게 좋은 일이 생긴다."

"나는 럭키 걸이다!"

"나는 무엇이든 할 수 있다."

운칠 기삼?

운칠복삼!

'운칠기삼'이라는 말이 있다. 운이 칠 할이고 재주나 노력이 삼 할이라는 뜻으로, 사람의 일은 재주나 노력보다 운에 달려있음을 뜻한다. 어떤 일의 성패가 70%의 운과 30%의 노력으로 나타난다니 뭔가 씁쓸하다. 더 심하게 이제는 '운칠복삼'이라는 말도 있단다. 운이 칠 할, 복이 삼 할이라면 결국 인간의 힘으로 되는 건 하나도 없단 말인가?

처음 입사할 때를 떠올려봤다. 마케터 한 자리를 뽑는 자리에 경영학과를 졸업한 남자 한 명과 식품영양학과를 졸업한 내가 최종 면접에 올라갔다. 결국, 내가 그 자리에 뽑혔는데 사수라고 소개받은 대리님의 표정이 좋지 않았다. 알고 보니 나와 같이 최종 면접을 본 남성이 그 대리님의 지인이었다. 나는 운이 좋은 사람이었다. 하지만 대리님 입장에서 나는 다른 누군가의 운을 뺏은 사람일 뿐이었다.

나는 그곳이 첫 직장이었기에 어떤 일도 마다하지 않고 모든 걸 열심히 했다. 생수통도 나르고 복사도 기계처럼 했다. 부서장 방에 오시는 손님의 커피는 내가 다 탔다. 비록 늘 물을 너무 많이 부어서 커피 국이 될지언정. 술을 못 마셔도 회식은 끝까지 따라갔다. 노래는 못 부르지만 분위기는 잘 띄웠다. 대리님을 포함한 모든 부서원과 친밀히 지내다 보니 우리 부서는 막강한 팀워크를 자랑하는 부서가 되었다. 시간이 지나자 처음에 나를 달가워하지 않던 대리님은 결국 나에게 가장 큰 도움을 준 사수가 되었다. 그곳을 떠난 지 15년도 더 지났지만, 아직도 나는 우리 팀장님, 부서장님과 연락하고 지낸다.

내 시작이 운이었을지 모르지만, 사람들과의 관계에서 인복이라 부를 만한 것은 내가 만들었다. 두루두루 친해지니 여기저기서 업무 내·외부로 도움을 주고받았다. 일이 힘들지만 견딜 수 있었던 것도 결국 사람 덕분이었다. '복을 짓는다'는 말도 있다. 복도 내가 만들 수 있다.

한편 '나는 운이 좋은 사람이야'라고 믿기 시작하고부터는 좋은 일이 자주 생긴다. 입사도, 시험 합격도, 인간관계는 물론 소소한 이벤트 당첨까지! 운이 좋다고 믿는 것만으로도 기분이 좋아지는 것은 물론, 좋은 일들을 끌어당긴다. 그러니 운칠기삼이든 운칠복삼이든 좋다.

나는 '사람은 생각하는 대로 된다'는 말을 믿는다.

나는 운 좋은 사람, 복 많은 사람이라고 생각하자.

쓰나미 같은 행운과 행복이 반드시 당신과 함께할 것임을 믿는다! 이 글을 읽는 모든 이에게 행운과 행복이 반드시 함께할 것이다. ♡

인생약사의 올바른 약정보

무엇을 먹느냐보다 무엇을 안 먹느냐

식복영복

여기저기서 몸에 좋다는 다양한 영양제를 접한다. 모든 증상이 내 증상 같아 추가하다 보면 영양제 가짓수가 늘어난다. 그런데 건강검진 결과를 받으면 몸에 다양한 이상 신호가 보인다. 내 몸에 좋은 것을 먹었는데 무엇이 문제일까? 영양제의 개념을 바로 알아야 한다. 영양제는 식사가 우선시 된 후 보충하는 것이다. 영양제는 식사를 대체할 수 없다. 제대로 된 식사를 병행하면서 식사만으로 부족한 성분을 내 몸에 채운다고 생각하고 먹어야 한다. 좋은 식사로 내 몸에 복을 지어야 영양제의 효과도 증가한다. 나는 식복영복(식사 복을 쌓아야 영양제 효과 복도 온다)이라고 생각한다. 특히 요즘같이 식품이 넘치는 시절에는, 무엇을 먹느냐도 중요하지만 무엇을 거르냐가 더 중요하다.

탄수화물 과다 섭취

탄수화물은 단백질, 지질과 함께 3대 영양소로 불리는 우리 몸에 꼭 필요한 영양소다. 특히 뇌는 오직 탄수화물만 에너지원으로 쓰기 때문에 우리 몸은 어떻게든 혈당, 즉 혈액 속 포도당(탄수화물의 가장 작은 단위 중 하나, 흔히 단당류라고 부른다)의 농도를 일정하게 유지하려 한다. 식사나 단 음식을 섭취하면 몸속 여러 소화 효소가 탄수화물을 분해해 포도당으로 만든다. 건강한 사람은 혈당이 일정한 범위 내에 있다. 음식을 먹고 상승한 혈당은 다시 일정한 수준으로 떨어지는 것이 정상이다. 하지만 이당류(단당류가 2개 붙은 것)인 설탕은 포도당으로 빠르게 분해되어 혈당 상승 수치를 더 크게 올린다. 몸속에서는 혈당을 낮추기 위해 인슐린이 분비되는데, 다량 분비 시 저혈당이 된다. 이에 체내 항상성을 위해 다시 혈당을 올리려고 한다. 이러한 신호들이 반복되면 계속해서 탄수화물을 찾게 된다. 무의식적으로 단 음식이나 빵을 달고 산다면 탄수화물 중독을 의심해보자.

당분의 과다한 섭취는 부신의 피로도를 증가시킨다. 급격한 단식이나 절식도 위험하다. 적당량의 탄수화물을 섭취하되 단당류의 섭취는 피하도록 한다. 탄수화물을 잡곡밥, 현미 등으로 섭취해 급격한 혈당 변화를 줄여야 한다.

글루텐

글루텐은 밀가루에 함유된 단백질이다. 빵의 쫄깃한 식감은 글루텐 덕분이다. 글루텐에 함유된 글리아딘은 아토피, 천식과 같은 알레르기를 유발하는 원인으로 지목되고 있다. 글리아딘은 소장 벽 결합 조직을 파괴하는 작용이 있다. 이런 파괴로 인해 장 내 염증이 생기고 여러 영양소의 소화, 흡수가 방해되는가 하면 면역체계에도 영향을 미친다. 또 글루텐 속 아밀로펙틴 A는 혈당을 상승시키는 작용도 한다. 빵을 못 끊겠다면 글루텐 프리 빵들도 나오고 있으니 시도해보자.

트랜스 지방산

트랜스 지방산은 몸에 불필요한 지방산으로, 장기간 과잉 섭취 시 혈중 LDL 콜레스테롤을 증가시키고 좋은 콜레스테롤이라 불리는 HDL 콜레스테롤은 감소시킨다. 또 세포막의 기능을 약화시키기도 한다. 트랜스 지방산은 식물성 기름에 수소를 첨가해 만들어진다. 마가린, 쇼트닝에 함유되어 있고 이를 베이스로 한 케이크, 와플, 비스킷, 튀김에 많이 함유되어 있다. 영양제로 아무리 좋은 오메가 3 지방산을 섭취한다 한들, 식사로 이런 트랜스 지방 식품을 과도하게 섭취하면 그 효과를 기대하기 어려울 것이다.

과도한 가공식품 섭취

우리나라 전통 발효식품은 균에 의해 시간이 지나면서 맛, 향, 영양소가 더욱 증가하는 특징이 있다. 하지만 가공식품은 여러 가지 맛과 향을 내는 물질, 보존료 등 다양한 첨가물을 넣어서 만든다. 이러한 식품첨가물은 식품의 제조 및 가공 시 식품 종류에 따라 맛과 향, 식감을 위해 사용한다. 또 식품의 보존성 향상과 식중독 예방, 영양소 보충 및 강화, 식품의 품질 향상을 위해 사용하기도 한다. 식품의약품안전처에서는 공신력 있는 국제기구(JECFA, EFSA)에서 엄격한 기준에 근거해 안전성을 입증한 식품첨가물에 대해서만 사용을 허락하고 있으니, 첨가물에 대한 무조건적인 불신이나 우려는 삼가자. 그래도 가공식품 속 첨가물이 신경 쓰인다면, 식품의약품 안전처 식품안전나라에서 제공하는 '식품첨가물의 섭취를 줄이는 방법'을 참고하자. (대한민국 정책 브리핑 19.2.27 기사 참고)

+ 플러스 정보

식품첨가물을 줄이려면

1. 라면

라면에는 면의 탱글탱글함을 살리기 위한 인산나트륨과 유통기한 연장을 위한 산화 방부제가 함유되어 있다. 이러한 식품첨가물을 줄이려면 귀찮더라도 처음에 면을 끓인 물을 버리고, 새로운 뜨거운 물에 수프와 삶은 면을 넣고 끓여 먹도록 한다.

2. 어묵

어묵에는 소르빈산칼륨이라는 세균의 번식을 억제하고 유통기한을 늘려주는 첨가물이 들어있다. 과다 섭취 시 눈과 피부 점막을 자극하거나 출혈성 위염을 일으킬 수 있으므로 조리하기 전 뜨거운 물에 살짝 데친 후 헹구어서 조리하는 게 좋다.

3. 단무지

노란 단무지에는 색소와 감미료, 사카린나트륨이 첨가되어 있는데 많이 섭취하면 소화기 장애와 콩팥에 영향을 줄 수 있다. 조리 전 찬물에 5분 이상 담가 사카린나트륨을 희석, 중화시킨 뒤 섭취한다.

4. 소시지

소시지에는 글루탐산일나트륨과 식용색소인 타르색소가 함유되어 있다. 과다 섭취 시 구토, 천식, 아토피, 우울증을 유발할 수 있다. 조리하기 전에 소시지에 군데군데 칼집을 낸 뒤, 끓는 물에 15~30초 정도 데친 후 요리한다.

5. 통조림

육류 통조림에는 MSG, 타르색소 등의 식품첨가물이 함유되어 있다. 또한 기름에도 식품첨가물이 있으므로 기름을 버리고 식품을 키친타월로 닦아낸 뒤 요리한다.

6. 식빵

식빵에는 수산화나트륨, 산도조절제 등의 식품첨가물이 들어있다. 식품첨가물을 줄이려면 팬이나 오븐에 살짝 굽거나 전자레인지에 데워먹도록 한다.

7. 두부

두부는 제조과정에서 거품을 제거하기 위하여 소포제와 같은 식품첨가물을 사용한다. 먹기 전에 찬물에 여러 번 헹구어서 요리한다.

제대로 된 식사부터 하자. 영양제는 그다음이다.

음식 복은 내가 짓기 마련이다.

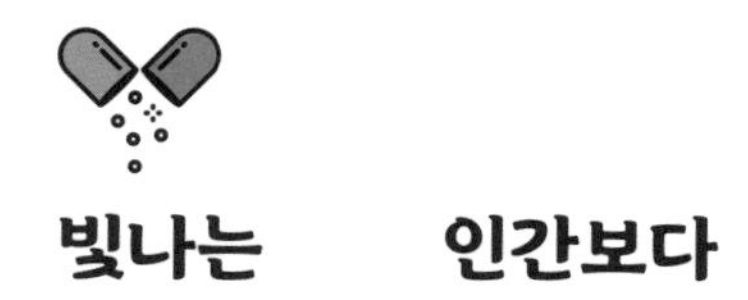

빛나는 인간보다 성장하는 인간

"뭉쳐야 쏜다!" 〈뭉쳐야 찬다〉의 후속 방송인 이 프로그램을 우연히 재방송으로 처음 보았다. (요즘 TV를 거의 안 보고 살고 있어서 늘 뒷북이다.)

축구선수였던 이동국이나 안정환, 체조선수였던 여홍철 등 한때 해당 분야의 에이스들이 뜬금없이 농구를 하고 있었다. 왕년에 국가대표로 활동하며 국민 영웅 대접을 받던 사람들이, 자기 분야가 아닌 곳에서 망가지고 구르는 모습이 시종일관 웃음을 자아낸다. 문득 이 프로그램을 보다가 떠오른 건, 본인에게 맞는 자리에 있어야 그 사람이 가장 빛난다는 것. 스포츠를 좋아하지 않는 나도 아는 안정환, 이동국 선수는 축구를 할 때 누구보다 빛난다. 그러니 그들이 축구판이 아닌 농구판에서 보여주는 허당기 가득한 모습이 웃음 포인트였다. 물론 다들 운동선수라서 조금씩 더 연습하면서 발전하는 모습을 볼 수 있는 것도 재미다.

문득 내가 하고 있는 일에 대해 생각해본다. 회사에서 마케터로 일할 때나 약국에서 조제기계처럼 근무 약사로 일할 때에 비해서 지금 자리인 병원에서 일하는 게 나에게 더 맞다고 느낀다. 적재적소에서 빛나는 사람이 되려면 그 일에 적합한 기술과 능력을 갖추어야 할 것이다. 나는 기술은 갖추었으나 자리에서 빛나본 적은 없다. 아마 내가 일을 하면서 느꼈던 근원적인 슬픔은 지금 자리에서 빛나는 에이스였던 적이 없어서였을까? 그러한 생각을 하다 보니 살짝 서글퍼졌다.

마음이 울적했던 그 주에 가족과 〈소울〉(2021)이라는 애니메이션을 보았다. 역시나 사람들이 좋아하는 데에는 이유가 있었다. 영화가 주는 메시지는 분명했다. 내가 꼭 '무엇이 되고' '무엇을 해야 할' 이유는 없다는 것. 무의미하다고 생각하는 일상 자체가 사실은 우리가 삶을 살아가는 방법이라는 것. 영화를 보고 나서 그저 내 삶을 묵묵히 사는 것만으로도 내 인생이 그리 나쁘지 않다는 위로를 받았다. 나는 나란 존재 자체로 잘 살아왔으니 일터에서 빛나지 않더라도 슬퍼하지 않으련다.

〈뭉쳐야 쏜다〉 속 선수들은, 비록 자신들이 몸담았던 분야와 다른 분야이긴 하지만 분명히 더 발전하는 모습을 보여주었다. 기본적으로 스포츠로 다져진 근육과 감각 덕분인지도 모른다. 그들도 그냥 지금 앞에 놓인 삶을 살아가고 있다. 단지 무대가 있고 조명이 있는 곳에서. 왕년에 어떤 사람이었든지 간에, 다른 판에서도 그들은 분명 발전하는 모습을 보여주리라.

나는 일터에서 빛나는 성과를 낸 적이 없지만 다른 판에서 열심히 뛰어보기 위해 오늘도 여러 시도를 해본다. 틈틈이 강의도 준비하고, 글도 쓰면서 지금 하는 일과 다르지만 보람찬 것들로 하루하루를 채우고 있다. 남들이 볼 때 허튼짓이라 여길 만한 여러 일을, 누가 시키지 않았는데도 혼자서 조용히 하고 있다. 어느 누군가를 '빛나는 인간'이 아니라고 욕하지 마라. 그도 그 자리에서 묵묵히 성장하며 삶을 살아내는 중이다. 나는 '빛나는 인간'보다는 '성장하는 인간'으로 내 삶을 살아가련다.

당신에겐 지금 이게 필요합니다

마트에 장을 보러 가지 않아도 인터넷 '배송' 클릭 한 번이면 물건이 뚝딱 오는 세상. 나의 인터넷 쇼핑은 육아와 함께 시작되었다. 아이가 어리니 나가기도 힘들고, 기저귀며 물티슈는 쟁여놓지 않으면 쉽게 떨어졌다. 그래서 첫발을 내디딘 위○○, 가끔 더 싸게 파는 티○, 당시 신생이었던 쿠○. 한 번 발을 들여놓으니 최저가의 유혹을 떨칠 수 없었다.

같은 기저귀 브랜드도 브랜드 데이가 채널별로 다르고 어떤 날은 여기가 싸고, 또 어떤 날은 저기가 싸니 자연히 하나 살 때 세 곳을 모두 비교하게 됐다. 그러니 한번 물건을 고를 때 똑똑한 척하며 모든 사이트를 들어갔다 나왔다. 사실 그래 봤자 몇백원 혹은 몇천 원 차이인데 검색으로 시간을 보냈다. 커피 한 잔만 안 먹으면 모일 돈을 아낀다며, 정작 더 중요한 내 시간이 아깝다는 생각은 못 했다. 분명 기저귀만 사러 들어갔는데 쇼핑몰마다 '오늘만 특가'라는 물건이 보였다. 그러니 물티슈가 있는데 또 사고, 육아로 찐 살이 곧 빠질 것이라며 짧은 치마도 사고, 우리 아이가 영어를 곧 할 것 같다는 기대로 영어 팝업북도 마련하고! 마치 온라인 쇼핑몰이 나에게 말을 거는 것 같았다.

"당신은 이것이 필요합니다! 이것도요!"

육아 덕에 집 밖으로 쉽게 나갈 수도 없고 늦게 오는 신랑, 택배 아저씨, 말 못 하는 아이만이 내 세상으로 들어오는 사람이었기에 그 당시 나는 누군가 내게 말 걸어주길 바라고 기다렸나 보다. 그때 물건들이 내게 말을 걸어주고 지름신과 함께 나의 세상을 밝혀주었다. 그리고 남은 것은 카드값뿐. 육아 휴직이 끝나고 복직 후에는, 그런 소비로 카드값이 더 불어났다. 업무 스트레스가 더해지니 물건은 더 늘어났고 '난 이제 돈 버니까 이 정도는 살 수 있어'라는 생각에 소비 제어가 더 안 됐다. 전혀 필요 없던 것이 많았기 때문인지, 남아있는 물건도 없고 뭘 샀는지 기억조차 없다. 도대체 내 돈은 어디로 간 것이냐!!!

육아와 업무 스트레스가 최고조에 달했다가 몇몇 사건을 통해 나는 정신을 차렸다. 이대로 살다가는 큰일 날 것 같은 위기감, 더 이상 이렇게 사는 건 사는 게 아니라는 생각이 내 머릿속에 들어왔을 때, 지름신이 선사한 환상의 터널을 빠져나올 수 있었다.

우울하거나 감정이 상할 때 사람들이 할 수 있는 손쉬운 방법이 쇼핑이다. 나는 나가고 싶은데 나갈 수 없을 때 온라인 쇼핑에 빠져들었고 그것이 단순히 사고 싶다는 마음이 아니라, 내 마음이 공허했기 때문이었다는 걸 늦게 깨달았다. 만약 지금 '이건 꼭 필요한 거니까' 혹은 '언젠가는 필요해'라고 생각하며 무심코 무언가 사고 있다면 마음 상태부터 점검하자. 혹시 마음이 공허한 게 아닌지, 마음이 아픈 게 아닌지. 나도 정신 차리는 데 많은 시간이 걸렸다.

시작은 새벽에 일어나 내 감정을 적는 것부터 사소하게 출발했다. 일단 내가 왜 이러는지 알려면 바로 나 스스로에게 질문을 던져야 했다. 글을 쓰는 행위는 내 감정을 돌보고 알아차리는 가장 큰 힘이 되었다. 그리고 쇼핑 후 카드고지서에 우울해지는 것과 달리, 글을 쓰는 행위는 큰 즐거움을 가져다주었다.

물건을 사면서 스트레스를 풀던 내가 글을 쓰며 마음을 정리하다니! 가끔씩 '사람이 이렇게 바뀔 수도 있구나', 혼자 깜짝깜짝 놀란다.

인생에서 스스로 갑으로 살기 위해서는 두 가지만 기억하자.

"더 이상 이렇게 살지 않는다."

"내 인생 내가 책임진다."

인생약사의 올바른 약정보

당신들은 인연이 아닌 것 같아요

영양제에도 궁합이 있다

사람들은 궁합을 참 중요시한다. 결혼할 때 궁합을 맹신하는 사람도 있고 오죽하면 음식 궁합, 영양제 궁합이란 말까지 있을까. 영양제나 약도 안 맞는 조합이 있다. 하지만 똑같은 약을 먹어도 효과가 좋은 사람이 있고, 추천받은 영양제인데 나에게는 별로인 것도 있듯이 조합이 나쁘다고 무조건 피할 건 아니다. 일단 평소 복용하는 약이 있다면 영양제 구입 전 의사나 약사에게 알리고 충분히 상담할 것, 조합이 안 맞지만 꼭 먹어야 한다면 시간차를 둘 것, 과량 복용 시 조합이 나쁜 영양제는 양을 줄이기만 해도 괜찮다는 것 정도만 기억하자.

항생제와 유산균

항생제는 세균을 죽이는 작용을 하니 함께 복용하면 좋은 균인 유산균까지 죽여버린다. 그러니 기껏 돈 주고 구입한 유산균의 효능이 떨어질 수밖에 없다. 꼭 먹어야 한다면 항생제를 먼저 먹고, 2시간 뒤에 유산균을 복용한다. 아이들 설사나 장염에 주로 사용하는 비오플 산을 유산균으로 잘못 알고 있는 경우가 많은데 비오플 산은 효모균이다. 비오플 산은 항생제와 같이 먹어도 된다.

항혈전약과 오메가3, 은행잎 제제

아스피린이나 플라빅스와 같이 혈전 생성을 억제하는 항혈전제는 피를 묽게 한다. 오메가3나 은행잎 제제도 모두 피를 묽게 만드는 성질이 있으므로 항혈전제와 오메가3, 은행잎 제제를 같이 먹으면 지혈에 문제가 생길 수 있다.

마그네슘과 철분

마그네슘과 철분을 같이 복용하면 철분의 체내 흡수율이 떨어진다. 같이 복용할 생각이라면 복용 시간을 달리하는 게 좋다. 철분은 아침 식전, 마그네슘은 저녁 식사 후에 복용하자.

칼슘과 철분

칼슘과 철분은 체내 흡수 경로가 같아서 동시에 복용하면 체내 흡수율이 떨어질 수 있다. 철분은 식사 전 공복에 먹는 것이 좋으며, 칼슘은 식사 후에 복용하는 것이 좋다. 같이 먹어야 한다면 철분제 복용 한 시간 후 칼슘을 복용한다.

아연과 철분

두 성분은 서로의 흡수를 저해하는 특징이 있다. 같이 먹지 말고 시간차를 두자.

칼슘과 스피루리나, 클로렐라

스피루리나와 클로렐라 모두 칼슘과 함께 복용하는 것을 삼가야 한다. 두 가지 모두 칼슘의 흡수를 방해한다.

당뇨약과 글루코사민

당뇨는 인슐린 저항성과 관계가 있고, 글루코사민은 이 인슐린 저항성에 좋지 않은 영향을 미친다. 즉 글루코사민은 당뇨를 악화시킬 수도 있다는 뜻이다. 당뇨약을 먹고 있는 사람은 글루코사민의 복용을 삼간다.

갑상선 기능저하증 약과 비오틴, 칼슘

갑상선 기능저하 시 탈모가 빈번하게 발생한다. 이를 해결하기 위해 비오틴을 섭취하는 사람들이 있다. 이때 고용량의 비오틴 복용이 갑상선 검사에 영향을 미쳐 T4는 높게 나오고 TSH는 낮게 나와 갑상선기능 항진증으로 오인될 수 있다. 5~20mg/day 이상의 고용량 비오틴을 섭취하고 있었다면 갑상선 검사 전에 비오틴 복용을 중단해야 제대로 된 수치를 확인할 수 있다.

한편 칼슘은 갑상선 기능저하증 약인 레보티록신(Levothyroxine) 농도에 영향을 준다. 칼슘이 이 약을 흡착해 체내 농도를 떨어뜨리면서 흡수율도 떨어지고 치료 효과에 영향을 줄 수 있다. 갑상선 약의 치료 효과를 높이려면 칼슘과 같이 복용하지 않도록 한다.

90년대생에게 인기 없어요

내가 근무하는 병원 약제과에는 약사, 직원들 외에 다른 직종이 한 명 더 있다. 바로 공익근무요원. 지금은 '사회복무요원'으로 불린다. 대부분 20대 혈기왕성한 청년들이다. 90년대 중후반생이 대부분인데 사회복무요원으로 이곳 병원 약제과에 오는 요원들은 주로 체중 미달이나 정신과적 이유로 많이 배치된다. 나보다 마른 남자들이라니 맙소사!

이 친구들에 비해 근무하는 약사들은 오히려 다른 병원들보다 나이가 많다. 경력자를 우대하는 이곳 분위기 상 신입보다는 경력 있는 40-50대가 많으니 자연히 분위기가 올드하다. 그러니 20대 친구들은 이곳 분위기가 얼마나 답답할까. 서로의 가치관이 다르니 사소한 대화에서도 부딪히는 일이 생긴다. 임홍택 저자의 『90년생이 온다』(웨일북)에서는 90년대생의 특징을 세 가지로 요약한다. 간단함, 병맛, 솔직함.

이 직장에서 여러 해를 근무하다 보니 많은 요원이 이곳을 거쳐갔다. 사실 요원들이 약제과에서 할 만한 일이 많지 않아 뭘 많이 시키지도 않는다. 하지만 다른 부서보다 약제과 일이 많다며 화를 참지 못하고 근무지를 자주 무단이탈하던 친구도 있었다. (결국 복무 기간 미달로 그 기간을 채우기 위해 다른 부서에서 1년 더 근무했다!)

사회복무요원이 하는 일 즉, 병동으로 올라갈 약 정리, 약 옮기기 등만으로도 스트레스로 탈모 증상이 생긴 친구도 있었다. (정신과 약을 먹던 친구라 작은 일에도 자주 스트레스를 받았다. 이 친구는 다른 부서로 배치 받았다.) 한 약사는 사회복무요원을 공익이라고 불렀다가 사회복무요원을 비하한다며 국방부에 신고하겠다는 말도 들었다. 마음에 안 드는 일은 면전에서 바로바로 쏘아붙이니 이건 뭐 상전이 따로 없다. 그들 몇몇을 겪어보니, 단순한 것을 좋아하고 솔직하게 자기 감정을 말한다. 또 공정하지 못한 것은 참지 않는다.

병원 내 사회복무요원 단톡방에서는 타 부서보다 우리 부서의 일이 많다면서 우리 약제과에 배치받기를 제일 꺼린단다. 그들 생각에 우리 부서에 오는 것은 이미 공정함을 벗어난 일이다.

자기만 일을 더 한다고 생각하니 배치되는 순간부터 불만이 가득하다.

내가 부탁하는 일을 조금 거슬려하던 S요원. 나를 쳐다볼 때마다 눈을 찡그리기에 물었다.

"그런데 눈이 나쁜 거예요? 날 볼 때마다 눈을 찡그리네."

"눈이 부셔서 그래요."

"그래? 내가 그렇게 이뻐?"

"…약사님, 항암 주사 조제실 언제 가세요?"

"두 달 있어야 가는데?"

"흠. 어서 가시면 좋겠어요."

농담 한번 했다가 분위기만 싸해졌다. 그래! 나 90년대생한테 인기 없는 거 맞고, 자꾸 말 시켜서 미안하다. 여자들만 바글바글한 조직에 젊은 남자 혼자 있는 게 심심해보여서 자꾸 말을 걸었더니 매우 거슬렸나 보다. 당신도 잘못 있다고! 내가 뭐라고 말할 때마다 바글바글 끓는 게 너무 재미있어서 자꾸 말 걸게 되더라는. 나 정말 꼰대라서 그런 건가?

그런데 말이야. 나 진짜 눈부셔서 그런 거 아니었어?

아님 말고! 눈 나쁘면 영양제 사 먹든가. 흥

글쓰기로 메시지 전달하기

맨 처음 글을 쓰게 된 것은 나에 대해 알아가기 위해 내면 노트를 작성하면서였다. 내가 무엇을 좋아하는지, 어떤 것에 관심 있는지, 나는 어떤 사람인지, 펜으로 글을 적다 보니 나도 모르는 나를 발견했고 더불어 감사일기도 쓰면서 일상의 감사를 기록으로 남기기 시작했다.

이때의 글쓰기는 나 스스로를 되돌아보는 계기가 되었고, 보여주기 위한 글쓰기가 아닌 나를 위한 글쓰기였다. 그러다가 온라인이란 새 세상을 알았다. 내 생각을 기록해서 보여줄 수 있는 곳이 블로그였다.

처음에는 한 글자를 쓰는 것도 무서웠다. 누군가가 온라인 세상 속 나를 아는 척할까봐, 관종 소리를 들을까봐 무서웠다. 꼭 누군가가 나를 찾아내서는 지금 뭐 하는 짓이냐고 할 것 같았다. 그런데 내 생각과 달리 남들은 내게 큰 관심이 없었다. 아니, 1도 관심 없었다. 아무 일도 일어나지 않았다.

마음이 편해졌다. 누가 읽든 말든, 느리게 매일매일 블로그에 글을 썼다. 블로그 시작 전부터 좋은 책을 읽고 매일 필사를 했는데 그것도 기록으로 남기기 시작했다. 나 혼자 뿌듯한 성취감을 느꼈다. 그러다가 내가 자주 가는 네이버 카페에서 작가를 모집한다는 글을 보았다. 매주 특정 요일을 정해 그날 하루 나누고 싶은 좋은 글을 올리는 게 미션이었다. 이제 조금 누군가에게 보여주는 글을 쓸 준비가 된 것 같았다.

설레는 첫 도전! 잘될 줄 알았다. 하지만 결과는 꽝!

살짝 속상했지만, 어차피 간절하지도 않았으니 괜찮았다. 간절함이 없으니 미련도 없었다. 그 와중에도 블로그 글을 열심히 쓰고 여러 도전과 배움을 이어나갔다. 늘 똑같은 병원 약국 생활에 지칠 때 온라인을 통해 새로운 것을 배우고 사람들을 알아가는 재미가 있었다.

그리고 다시 내가 떨어졌던 온라인 카페 작가 모집 공고가 났다. 2020년을 시작하며 두 번째 작가 도전에 성공해 카페에 일주일에 한 편 글을 쓰게 되니 너무나 기뻤다. 하지만 기쁨도 잠시, 처음 글을 쓰려고 컴퓨터 앞에 앉으니 너무 무섭고 두려웠다.

'내 주제에 무슨 글을 쓴다고.'

'내 글을 누군가 읽어나 줄까?'

나의 우려와 달리 글을 읽어주는 이들이 달아주는 정성스러운 댓글 덕분에 그곳에서 글을 쓴 1년의 시간이 순식간에 흘렀다. 12개월 동안 매주 한 편의 글을 써 52개의 글을 완성했고 그렇게 카페 작가 생활도 마무리를 지었다. 1년의 글쓰기를 통해 깨달은 것은, 글은 독자가 없으면 숨을 쉴 수 없다는 것이다. 나의 글을 읽고 같이 웃고 울어준 독자 덕분에 큰 힘을 얻었다.

카페 글쓰기 작가로서의 내 역할을 마무리한 후, 독자가 읽고 싶은 글, 그들의 삶에서 힘을 얻는 글을 위해 또 다른 도전을 시작했다. 바로 내 글을 정식으로 출판하는 일이었다. 여러 곳에 출간 기획서와 원고를 투고했다. 수많은 거절 메일을 받았다. 그나마 거절 메일이라도 오는 곳은 양반이었다. 대부분 아무런 답도 없었다. 길고 긴 기다림의 시간이 지나고 다른 일을 하면서도 글을 쓰는 일은 놓지 않았다.

출근 전에 아침 10분이라도 매일 썼다. 글을 쓰는 일은 누군가가 나를 알아주는 일도 돈이 되는 일도 아니었지만, 마냥 좋았고 행복한 기분을 만들어주는 시간이었다. 그렇게 쓰기를 즐기다 보니 처음 기획해 투고한 원고 말고 또 다른 원고 한 편이 만들어졌다.

내 전공과 관계된 특화된 분야라서 이 책은 노하우 부분으로 따로 편집해서 전자책으로 만들었다. 비록 전자책이지만 드디어 내 이름을 단 책을 2021년 1월에 내게 되었다. 그리고 그해 2월 초, 다시 한 번 용기를 내서 출간 기획서를 다듬어 투고했다. 결과는 기대만큼 좋지 않았다. 하지만 처음 투고 때와는 달랐다. 나 스스로 기획서를 어떻게 수정하면 좋을지 더 많이 고민했다. 그리고 2월 말에 한 번 더 투고했다. 투고할 곳을 알아보고, 애썼던 모든 순간이 지치고 힘들었지만 노력은 나를 배신하지 않았다. 3월에 좋은 출판사를 만나 계약을 해서 첫 책 『미라클 루틴』(더블 : 엔)이 그해 나왔다. 지금 이 책도 작년 11월 투고 후 나를 알아봐준 출판사를 만나 멋지게 완성되었다. 늘 좌절하고 힘들었던 그 시간을 견디며 조금씩 썼던 원고가 좋은 기획자, 좋은 편집장님, 좋은 대표님을 만나 이렇게 멋진 책으로 묶여서 나온 것이다.

지나고 보면 한순간에 이루어진 것은 하나도 없었다. 시간을 내 편으로 만들기 위해 매일 매일 10분이라도 썼던 모든 순간이 글이 되고 내 삶의 기록이 되었다. 그리고 거기에는 어김없이 좋은 사람들이 있었다. 나를 발견해주고 손을 잡아준 많은 사람들.

나는 이제 누군가가 나를 알아주길 바라며 기다리지 않는다. 가끔 자신이 쓰는 브런치 글, 블로그 글을 보고 출판사에서 먼저 연락이 오기를 기다리는 이들이 있다. 어째서 자신이 먼저 알아볼 생각은 하지 않는 걸까? 정말 하고 싶은 것이 있다면 짬을 내서라도 그 일을 지속적으로 하고, 좋은 사람들이 나를 발견하도록 작은 도전들을 이어 나갔으면 좋겠다.

누군가 내 도전에 욕을 할 일도 없고 또 실패하면 어떻단 말인가. 시도했다는 그 경험조차도 소중한 것을.

글쓰기는 나만의 작은 메시지에서 시작해, 다른 사람도 바꿀 수 있는 큰 메시지로 바뀔 수 있다. 지금 직장에서 답답하고 힘들다고 술잔만 들이키고 있다면, 아주 작은 한 줄의 글쓰기라도 시작해보길 권한다. 매일 술만 마시다가, 내가 이렇게 바뀌었다는 이야기도 훌륭한 글의 소재가 될 수 있다.

누구든 작가가 될 수 있다. 거기다가 당신의 글은 한 명에게라도 반드시 도움이 된다.

그러니 써라. 내가 했으니 당신도 할 수 있다.

인생약사의 올바른 약정보

열심히 쓰는 당신, 눈이 침침하다면

눈 영양제

회사든 집이든 내내 컴퓨터 모니터를 보고, 수시로 핸드폰을 열심히 들여다보는 당신. 어디가 제일 불편한가? 원래 사람의 눈은 1분에 20회는 깜빡거려야 정상이다. 하지만 건조한 실내, 온풍기, 전자기기 사용으로 인한 눈 깜빡임 감소가 안구건조증을 부른다. 안구건조증의 주 증상은 눈이 뻑뻑하고 자주 눈이 충혈되며 글씨를 볼 때 시야가 흐리다. 또 빛에 비정상적으로 예민해진다. 눈에서 빛이 들어와 가장 정확하고 선명하게 상이 맺히는 부분을 황반이라고 한다. 황반 변성은 나이가 들면서 시신경이 모인 황반에 이상이 생겨서 시력이 저하되는 질환이다. 야맹증은 희미한 불빛이나 어두운 곳에서 물체를 구분하기 어려운 상태를 말한다. 자, 눈을 위해 어떤 영양제를 선택해야 할까?

비타민A와 베타카로틴

학교 다닐 때 비타민A 결핍은 야맹증이라고 정말 열심히 외웠던 기억이 난다. 비타민A는 눈의 망막에서 빛을 감지하는 단백질을 합성하는 원료다. 일반의약품 영양제 형태로 나온 비타민A는 야맹증이나 건조한 눈의 개선에 효능, 효과를 인정받았다.

당근이나 녹황색 채소에 든 베타카로틴은 체내에서 비타민A로 바뀐다. 임신 중 태아의 발달에 비타민A가 필요하지만 과잉 섭취 시 기형아를 유발한다고 알려져 복용을 꺼리는 사람이 많다. 비타민A를 안전하게 섭취하려면 베타카로틴 형태로 섭취하면 된다. 베타카로틴은 시력, 야맹증, 백내장에 대한 효과가 비타민A와 비슷하고 황반 변성 예방 효과도 있다.

루테인, 지아잔틴

눈 구조의 한 부분인 황반은, 시신경이 밀집되어 시력의 90%를 담당하며 두 가지 색소가 존재한다. 바로 카로티노이드계 색소인 루테인과 지아잔틴이다. 하지만 나이가 들면 황반의 루테인 밀도가 감소하거나 황반 변성이 생길 수 있다.

루테인 성분 영양제는 황반에 루테인을 공급해줄 수 있다. 또 자외선, 텔레비전과 스마트폰에서 나오는 블루라이트로부터 눈의 손상을 막아주는 항산화 효과도 있다.

루테인과 지아잔틴은 다른 물질이지만 자연의 식물에도 함께 존재하고 영양제에 같이 포함된 경우가 많다. 보통 이들은 눈의 침침함과 흐릿함 개선에 좋다. 루테인은 야간의 어두운 배경에서 물체를 구분하는 능력, 지아잔틴은 밝은 배경에서 물체를 구분하는 능력에 영향을 미친다. 루테인은 1일 6–10mg의 섭취를 권하나 30mg을 넘기지 않는다. 3개월 이상 꾸준히 먹어야 루테인 혈중 농도가 높게 유지된다. 시중 루테인 제품은 모두 건강기능식품이다. 루테인이 들어간 의약품이 없다는 점에서 약품으로 인정받을 정도의 효과를 기대할 수 있을지는 의문이다.

아스타잔틴

해조류, 새우, 연어 등에 풍부한 카로티노이드계 색소의 한 종류다. 녹색 해조류인 헤마토코쿠스에 높은 농도로 함유되어 있어 여기서 추출하는 경우가 많다. 아스타잔틴은 강력한 항산화 효과가 알려져 있는데 눈의 혈류 개선으로 피로도를 감소시킨다.

최근 유행처럼 섭취하는 크릴오일도 아스타잔틴을 함유하고 있다. 단 아스타잔틴이 눈의 피로도를 개선하려면 1일 4–18mg의 섭취가 필요하다. 시중 크릴오일 한 알 속 아스타잔틴 함량은 대략 50–200μg(0.05–0.2mg)인 경우가 많아, 눈에 대한 효과를 내기에는 턱없이 부족한 양이니 라벨을 잘 살펴보자.

천연과 합성 중 천연 아스타잔틴이 더 강력한 항산화 효과가 있다고 알려졌으나, 몸속 생체 이용률은 합성 아스타잔틴의 체내 농도가 더 높게 나타났다.

오메가3와 비타민E

오메가3의 보충은 안구건조증의 위험을 낮출 수 있다. 오메가3는 EPA와 DHA의 합으로 나타내며 DHA는 두뇌, 신경계, 망막, 고환에 많이 분포하는 눈의 주요 구성성분이다. 또 오메가3는 우리 몸 전체적인 염증 반응을 줄여주고 눈물을 구성하는 성분인 지방층, 수액층, 점액층 중 지방층 구성에도 도움이 된다.

오메가3는 지방산이기 때문에 산패를 주의해야 하고 비타민E와 같은 항산화제를 같이 복용하는 것이 좋다.

빌베리건조엑스(안토시아닌)

빌베리의 특징은 강력한 항산화 작용이다. 눈의 망막 손상을 방지하고 안구 탄력도 유지한다. 또 눈의 충혈이나 부종도 억제하는 성분이다. 단 빌베리와 블루베리는 다르다. 건강기능식품 기능성 원료로 인정받은 것은 야생 블루베리라고도 부르는 빌베리임을 기억하자.

그밖에 사유라고 뱀의 기름으로 만든 의약품 영양제도 있다. 다양한 필수지방산과 지용성 비타민을 함유하고 있으며, 눈물막의 지질층을 보강해주는 역할을 해 눈의 건조함을 개선하는 효과가 알려졌다. 하지만 최근 일반의약품인 사유 함유 영양제 시장 자체가 축소되어 구하기 힘들다는 점을 고려하자.

정리해보면 눈이 불편한 증상도 사람마다 다르다. 단순히 눈 영양제를 추천해달라고 하면 자신의 증상과 맞지 않아 효과가 없을 수도 있으니 어떤 증상으로 눈이 불편한지를 아는 것이 먼저다.

눈이 건조한 증상에는 비타민A와 오메가3, 사유, 눈이 침침할 때는 루테인, 지아잔틴, 눈의 피로도가 높을 때는 아스타잔틴, 빌베리 추출물이 든 것이 도움이 될 수 있다. 더 자세한 상담은 전문가와 함께하길 바란다.

전공 관계없이 좋아하는 일 찾기

나의 첫 전공은 식품영양학이었다. 가고 싶은 과도 아니고 처음 들어보는 이름의 학과였다. 내가 대입을 치르던 시절, 정시 모집 전에 가고 싶은 곳에 먼저 넣을 수 있는 특차라는 제도가 있었다. 1지망과 2지망을 쓸 수 있었는데 빈칸으로 두기 싫어 친구가 쓴다는 식품영양학과를 2지망에 썼고, 1지망에 썼던 약대는 떨어졌다. 특차에 붙으면 정시 입시 지원은 불가한 시절이었다. 재수를 하든지 2지망 전공 학과를 다녀야 하는 상황이었다. 나보다 성적이 좋지 않았던 친구들이 정시를 통해 더 좋은 학과, 대학에 붙었기 때문에 나는 꽤 우울했다. 집에서는 재수할 돈은 없으니 그냥 적당히 졸업해서 어디든 빨리 취직이나 하라 했다.

그 당시 나는 사회인이 된다는 것이 무서워서 배움만 계속하고 졸업은 안 하고 싶었다. 다행히 학교에 다니면서 전공에 적응도 잘하고 장학금도 받아, 졸업 후 아르바이트를 하면서 대학원까지 다니며 사회로 나가는 걸 미루었다. 석사 졸업 후 식품회사 연구원으로 가고 싶었지만 연구원을 뽑는 자리가 없었다. 마침 지도 교수님은 은퇴를 앞둔 시점이었고, 대학원 연구실에서 전화 받는 일이나 하며 계속 학교에 남으라고 하셨다. 그제야 덜컥 겁이 났다. 이대로 있다가는 학교에 영원히 남아 학교 귀신이 될 것 같아 도망치듯 회사로 들어갔다. 그것도 생판 처음 하는 마케팅이라는 업무를 하는 부서로.

공부는 내 마음대로 되지만, 일은 내 마음대로 되는 게 하나도 없었다. 늘 좌절하고 성과는 없고 자존심은 바닥을 쳤다. 결국 그나마 제일 잘하던 일을 하겠다며 다시 공부해, 원래 가려했던 약학대학에 편입했다. 좌절의 시간이 없었더라면 무엇이든 새로운 일을 하겠다는 결심을 하지 못했을 것이다.

병원에 실습하러 온 약학대학 학생 중에 군복무를 마친 학생이 있었다. 30대 초반이 된 이 학생은 물리학 전공을 하다가 약학대학 입문시험을 치고 약대생이 되었다. 그리고 약대를 다니는 도중 해군에 지원해 배를 탔다고 했다. 망망대해를 하염없이 바라보는 임무가 있었는데, 그때 무념무상으로 바다를 바라보다가 앞으로 어떻게 살지를 치열하게 고민했다고 했다. 거기서 그 학생은 다짐했다. 실습이 끝나고 약사가 된 다음에 또다시 로스쿨에 들어가 법학까지 공부하리라고. 자신을 객관화하고 내면을 바라볼 시간을 가진 덕에 그 친구는 미래에 대해 깊게 생각해보는 시간을 가졌다. 로스쿨을 졸업할 시점이면 나이가 더 들겠지만, 자신이 무엇을 원하는지 분명히 아는 학생이기에 앞으로 무엇을 하든 잘 될 거란 생각이 들었다.

또 다른 실습생 한 명은 원래는 연극영화학과에 다니고 있었다고 한다. 키도 크고 잘생겨서 왠지 어울렸다. 연극 무대에 서 보기도 하고 선배인 실제 배우들도 만나봤다고 한다. 하지만 정말 많은 사람 중에서 성공하는 한 명이 되려면, 팬도 없고 관객도 없는 무대를 지킬 만큼 그 일을 사랑해야 한다는 것을 깨닫고는 자신은 그런 배우가 될 수 없음을 직감했단다. 자신의 위치와 미래를 생각해 다시 공부해서 약학대학 입문시험을 치러 약대학생이 되었다.

지금 어떤 일을 하든지 현재의 나에 대해 생각해보는 시간을 가져야 한다. 자신이 무엇에 관심이 있고 어떤 일을 하고 싶은지, 지금 일이 아니라면 어떤 새로운 일을 하고 싶은지, 목표가 정해졌다면 어떤 공부나 어떤 과정을 거쳐야 하는지 잘 알아보고 실행해야 한다. 머릿속에 들어온 생각 잡기, 그리고 계획을 세워 실천하기. 이 두 가지를 통해 다른 전공 혹은 다른 직업으로 옮기는 일이 가능하다.

내가 운영하는 '인생 번영회'라는 모임의 20대 회원은, 피부 염증이 심해져 피부 미용에 관심을 가지게 되었다. 자신처럼 피부 문제로 힘든 사람들을 돕고 싶다는 생각으로 피부 미용 자격증을 따고 관리사 쪽으로 아예 진로를 바꾸었다. 좋아하는 일을 하면 질리지 않고 잘할 수 있다. 또 더 배우고 싶고 더 깊이 빠질 수 있다.

머릿속의 생각을 잡고 실천하는 일.

내가 좋아하는 일을 하며 사는 삶.

내 인생의 주체가 되는 삶.

생각만 해도 심장이 뛴다.

당신도 늦지 않았다. 충분히 가능하다.

미루지 말고 지금 당장 하자.

5.4.3.2.1

START!

도전하는 삶을 산다는 것

나는 평범한 학생이었고 평범한 직장인이었다. 아르바이트와 계약직, 파견 계약직, 정규직 두루두루 거치며 직장이란 곳이 꼭 정글같이 느껴졌다. 좋은 사람도 많지만 이상한 사람은 그보다 더 많았다. 회사라는 큰 조직 속에 나는 하나의 부품이었다. 내가 힘이 있다고 느끼기보다는 억울하고 힘든 일을 겪는 경우가 많았다. 더구나 연차 높은 사람들이 하는 행동들도 이해되지 않았다. 나보다 일은 훨씬 적게 하는 것 같은데 돈도 더 많이 받고, 윗사람이라는 이유로 내리는 의사 결정은 내 머리로 납득되지 않았다. 인생이 원래 불공평하다지만 회사라는 사회는 몇 만 배 더 불공평했다. 늘 사회에서 을이나 병쯤 되는 역할로 찌리 역할을 도맡았다. 직장은 돈 주는 곳 이상도 이하도 아니었다. 그냥 마지못해 출근하면서 월급이나 제때 주면 좋겠다고 생각했다.

그런데 회사에서 갑이 되는 방법은 생각보다 간단했다. 그 회사의 임원이 되거나 실적으로 치고 올라가는 것이 아니었다. 영원히 올라가지 못할 나무를 보는 게 아니라 지금 내 자리에서 최선을 다하는 것, 그로써 갑력을 키우는 것! 그것이 지금 할 수 있는 내 인생 최고의 선택이다.

나는 워킹맘이다. 비록 직장에서의 승진은 없고 일은 매순간 고되고 지치지만 일터에서의 기쁨보다는, 내가 해주는 밥을 잘 먹어주는 아이들의 웃음에 더 큰 행복을 느낀다.

아침에 일어나 감사일기를 쓰고 독서를 했다. 어느 순간 글을 쓰기 시작했다. 전자책을 만들었다. 강의를 했다. 사람들이 모이기 시작했다. 책을 출간하고 온라인 플랫폼에 강의도 론칭했다. 내 인생을 내 마음대로 내 뜻대로 이끌고 있다는 느낌은 인생에 충만함을 가져다주었다. 시작은 미미했지만 작은 눈덩이가 뭉치듯 크고 단단한 덩어리가 되었다. 도전하는 삶을 산다는 것은 때로는 매우 귀찮고, 번거롭고, 때로는 회의감이 들기도 한다. 누군가가 나를 알아주지 않는다. 결과는 바로 나타나지 않는다. 내가 하는 모든 일이 잘되고 있는지 스스로 의심이 들 때가 많다. 그럴 때는 나란 존재가 무모하고 아무것도 아닌 일에 세월을 보내고 있는 것만 같은 생각이 든다. 하지만 그럴 때도 멈추지 않았다. 숨을 쉬지 못할 만큼 힘이 들 때도 루틴을 정해놓고, 그것만은 지켰다. 나와 한 약속이라서 깨지 않았다. 아무도 내가 무엇을 하는지 몰라도 나는 내가 무엇을 하는지 알았다. 그 작은 도전들이 모이면 전혀 다른 내가 될 수도 있다.

누군가는 욕을 할 수도 있다. 누군가는 비웃을 수도 있다.

누군가는 타고 나기를 잘해서 나의 노력을 좌절시킬 수 있다.

누군가가 나를 무시할 수도 있다.

누군가가 나를 넘어뜨릴 수도 있다.

그래도 괜찮다. 나는 과정을 즐기는 사람이다. 내가 내 인생의 갑임을 선포한 이상, 나만 나를 포기하지 않으면 누구도 나를 좌절시킬 수 없다는 걸 깨달았다. 그러니 당신, 그 직장 그곳에서 힘들더라도 결코 지치지 마라. 힘들면 천천히, 자신만의 속도로 가는 거다. 분명 저 끝에 좋은 것이 기다리고 있다.

더 중요한 한 가지. 바로 건강이다. 누구도 함부로 할 수 없는 내 멘털 만들기도 중요하지만, 내 몸 건강 역시 스스로 챙겨야 한다. 아프면 더 서럽다. 챙김 받을 생각하지 말고 자기 몸은 자기가 챙겨라. 여기 적어둔 20가지의 소소하고 작은 건강팁이나 영양제에 대한 정보만 기억하고 있어도 훨씬 더 나은 삶을 살아갈 것이라 믿는다.

인생약사의 올바른 약정보

내 꿈에도 유통기한이 있을까?

약, 영양제의 유통기한

당신은 현재 몇 살인가? 지금 너무 나이가 많고, 무언가를 시작하기에 이미 늦었다고 생각하는가? 약학대학 편입을 준비하던 27살. 나처럼 늦게 공부를 시작한 사람은 없을 것이라며 걱정했다. 졸업 후에는 결혼이 늦어져 조급해했다. 나이가 40살이 지난 후에는 모아둔 게 없다고 한탄했다. 그런데 지금 그 시절을 생각해보면 그때가 가장 젊은 날이었고 가장 좋은 시절이었다. 그 당시에는 나이에 쫓겨 삶의 순간을 즐기지 못했다. 뒤늦게 무엇인가를 하고 싶고, 어떤 사람이 되고 싶다는 꿈을 가지게 된 순간 깨달았다. 내 꿈에는 유통기한이 없다는 사실을! 당신도 꿈꿀 수 있다. 지금과 다르게 살 수 있다. 단 자기 꿈이어야 한다. 누군가 강요한 꿈이나 목표는 결국은 기한 지난 식품처럼 쉽게 변질된다.

꿈과 달리 식품과 약품, 영양제는 유통기한이 있다. <대한약전>에 따르면 약의 유통기한이란 '약의 주성분 효능이 90퍼센트에 이르는 기간'을 의미한다. 약이나 영양제를 집에서 보관할 때는 원래의 포장 상태를 유지하고, 적정한 온습도, 직사광선을 피하는 것이 가장 기본이다.

통약

개봉하지 않은 통약은 통에 표시된 기간까지 보관 및 복용이 가능하다. 하지만 개봉하고 나면 적어도 6개월에서 1년 안에는 먹어야 한다. 약이나 영양제의 유통기한은 실험실 환경에서 다양한 온도나 습도를 테스트하며 만든 것이지, 우리 집 환경에 맞춘 것이 아니다.

퇴원 환자 약이나 외래 진료 환자 약을 조제해 한 번 밖으로 나간 약은, 병원에서도 절대 환불·교환해주지 않는다. 환자가 약을 가지고 나가서 어떤 환경에서 보관했는지 모르고 그 약이 변질되었을 경우 다시 다른 환자한테 약을 주었다가 피해가 생길 수 있기 때문이다.

조제 알약

약포지에 포장된 알약의 경우 포 자체는 투명하지만 우리 병원에서 쓰고 있는 포장지의 경우 차광이 된다고 한다(JVM 회사의 포장롤 기준, 90% 차광을 유선으로 확인). 대개 포장된 약은 2개월까지 보관 가능하다. 약포지에 조제 일자가 쓰여있다면 그 날짜를 기준으로 계산하면 된다. PTP라고 은박지에 담긴 약은 포장지 상단에 유통기한이 기입돼 있다. 문제는 가끔 흡습성(습기를 빨아들이는 성질) 있는 약을 까서 함께 포장해달라는 경우다. PTP 개별 포장된 약은 흡습성이 있거나 차광해야 하는 약들이 많은데, 이런 약이 같이 포장되어 있다면 더욱 오래 두면 안 된다.

조제 가루약

1개월을 권장한다고 하나, 가루로 만들어 놓으면 습기에 민감해 떡처럼 변하는 약이 많다. 안 먹으면 그냥 버리길 추천한다. 병원 약국에서는 입원 환자나 외래 진료를 보는 환자가 다른 곳에서 처방받아 복용하는 약을 가져왔을 때, 담당의가 약국에 의뢰해 어떤 약인지 확인하는 '약품식별'이라는 업무가 있다. 알약은 식별되지만 가루약은 식별도 안 되니 아무리 하고 싶어도 해드릴 수 없다.

참고로 약은 낱알 하나하나에 식별 기호 표시가 있어서 약품 식별이 가능하다. 따라서 의약품 영양제도 식별이 가능하다. 건강기능식품은 낱알에 아무런 표시가 없다. 입원 혹은 병원에 진료를 보러 갔을 때 무엇을 먹고 있는지 본인이 알고 있어야 한다.

조제 시럽

보통 원통으로 된 시럽은 개봉하지 않으면 유통기한까지 먹을 수 있다. 하지만 개봉했다면 한 달 안에 먹기를 권장한다. 원병으로 된 시럽 말고 약국에서 처방받은 작은 시럽 병에 든 약이라면 2주 안에 먹자.

특히 항생제 시럽은 가루로 된 항생제 약에 물을 타서 약국에서 조제 후 나가는 것이 대부분이다. 그러니 이미 원래 원병에서 개봉도 되었고 물도 탔다. 절대 오래 두지 말고 처방받은 만큼 먹고 남기지 않는다. 대략 냉장 시럽은 유통기한이 1~2주라서 그 전에 다 먹고, 남긴 건 버리는 게 좋다.

연고 제품

개봉 후 6개월까지 사용할 수 있다. 덜어주는 연고는 더 짧게 1개월. 그런데 더러운 손으로 계속 연고를 바른 후 뚜껑을 닫아둔다면 약에 반려 세균을 키우겠다는 것과 같다. 제발 그런 건 키우지 말자.

안약, 안연고

이 약 할 말 많다. 어르신들이 진짜 때가 꼬질꼬질한 안약 통을 가지고 오거나 여러 번 눌러 짜 입구가 찌그러진 안연고를 들고 오신다. 절대 한 달 이상 쓰지 말자. 내 눈에 들어가는 건데 안과 가서 다시 받아오길 부탁드린다.

코 스프레이류

제품마다 차이는 있으나 대략 3개월 권장한다. 코가 닿는 노즐 부분의 오염이 있다면 더 빨리 쓰고 버려야 한다.

냉장고를 만능 저장고로 알고 영양제든 약이든 무조건 냉장고에 보관하는데 이는 잘못된 생각이다. 냉장 보관제품 외에 대부분의 실온 제품은 직사광선을 피해 실온에 보관한다. 각각 적정 온도가 다르고 냉장고 문을 여닫으며 생기는 온습도 차이로 쉽게 변질된다.

유통기한이 지나거나 오래된 약은 가까운 약국에 가져가서 폐기하는 것도 잊지 말자. 요즘은 많이들 폐기의약품 수거 사업을 알고 약국에 버릴 약을 가지고 온다. 이렇게 모인 폐기의약품은 정해진 소각장에서 따로 소각한다. 집에서 자칫 쓰레기로 버려진 약의 화학 성분들이 결국 돌고 돌아 우리 생태계를 교란시킬 수 있음을 명심하자.

결국 나의 모든 경험은 성장을 위한 것이다

우리는 세상에 태어나면서부터 크고 작은 모든 일을 경험하며 성장한다. 아기일 때 누워만 있다가 기어 다니고, 기다가 걷고, 걷다가 뛴다. 아기들은 아무 말도 못하다가 엄마, 아빠를 부르고 말문이 트이며 비로소 다른 사람과 소통한다. 누군가는 당연한 과정이라 생각하겠지만, 당연하다고 생각하는 모든 것이 사실 당연하지 않다.

특히 코로나19 시기를 겪으며 얼마나 많은 사람이 일상의 당연함을 그리워하는지 모른다. 다 같이 어울려 이야기를 나누고, 원할 때 여행을 가고, 학교에 아무 일 없다는 듯 등교해서 친구들과 어울리는 일. 자영업자들이 늦게까지 영업하며 손님과 인사하는 일. 그 모든 일이 사실 당연한 것이 아니었다는 걸 깨닫는다. 우리는 인생에서 미리 알고 깨달으면 참 좋을 것을 왜 다 잃고 나서야 후회하며 소중하게 생각하게 되는지.

성인이 되고 처음 한 과외 아르바이트가 힘들다고 투정했지만, 옷가게 점원 아르바이트를 하면서 사람을 상대하는 일, 종일 서있는 일이 얼마나 힘든지 알았다. 계약직, 파견 계약직을 거치며 정규직과의 미묘한 차이 때문에 힘들었고 정규직이 되었더니 사람들 때문에 힘들었다.

누구는 돈이 많아서, 누구는 집안이 좋아서, 누구는 힘이 있어서 갑질을 하고 자기 마음대로 할 수 있고, 가진 것 없는 나는 내 마음대로 되는 게 없다고 늘 투정만 했다. 나는 갑이 아닌 늘 을이나 병으로 살았다. 누가 보면 직업이 약사이고 직장도 잘 다니니 어려움 없이 산다고 생각했지만 실상은 온통 문제투성이였다. 직장에서 억울하다고 소리 지르고 싶고 부당하다며 화내고 싶은 일도 많았다. 무수히 버티고 참아내고 또 이직하며 많은 사건이 모여 경험이 쌓였다.

지나고 보니 그 모든 것 중 버릴 경험이란 없었다. 막말하는 상사를 통해 스스로 되돌아보며 다른 누군가에게 상처 주는 말을 하면 안 되겠다는 교훈을 얻었다. 다른 사람의 특이한 행동이나 잘못된 행동을 통해 사람들과 소통하는 방법이나 어울리는 방법에 대해 고민하게 되었다.

일복만 있고 다른 운이 없다고 말하다가, 운이 좋은 사람이 되기 위해 스스로 노력하고 감사를 실천했다. 또 내 내면을 성찰하고 마음을 돌보기 위해 매일 글도 쓴다. 건강은 건강할 때 챙기라는 말처럼 더 오래 건강히 삶을 즐기고 싶어서 영양제를 챙겨 먹는다. 내가 먹는 영양제에 대해 공부도 꾸준히 한다.

나는 직장에서 병맛만 맛본 줄 알았는데 지나고 보니, 직장이란 곳은 내 인생의 갑력을 키우는 법을 조금씩 배우는 학교였다.

이 책에서 다양한 경험을 통해 성장한 이야기가 결코 나만의 이야기가 아님을, 여러분도 지금의 힘듦이 결국은 성장을 위한 것이라는 것을 깨닫게 되길 바란다.

중간에 약이나 영양제, 건강에 대한 정보를 담아 여러분의 삶을 응원하려고 노력했다. 하지만 모든 정보를 담기에는 지면상 부족한 점이 많아 간략하게 설명한 점 양해 바란다. 이 책에 담지 못한 더 다양한 약, 영양제, 식품에 관한 내용은 다음 책을 통해 더 자세히 담을 예정이다.

한 가지 꼭 기억할 것은 어떤 영양제, 어떤 약이든 누군가가 아무리 좋다고 떠벌려도 나에게 맞지 않으면 아무 소용없다는 것이다. 홈쇼핑에서 12개월분을 한꺼번에 파는 상술에는 속지 말았으면 한다. 99명에게 좋다고 해도 나 한 사람에게 맞지 않다면 아무리 좋은 영양제도 결국 쓰레기다.

내가 추천하는 영양제 먹는 방법은, 우선 한 통을 사서 한 달을 먹어 보고 자신에게 맞다고 생각하면 이후 꾸준히 사먹는 것이다. 유명한 몇몇 제품을 돌아가며 먹어본 결과, 어떤 제품은 변비가 생겼고 어떤 제품은 소화가 잘 안 돼서 계속 바꿔야 했다. 안 맞는 직장을 관두고 나왔듯 나에게 맞는 제품을 찾기 위해 계속 시도하고 바꾸는 노력을 했다. 그렇게 찾은 영양제를 꾸준히 먹고 있다. 또 다른 성분의 제품을 먹는다면 이것 또한 내 몸에 맞는지 찾아보고 적응하는 시간이 필요하다. 좋은 루틴을 블록처럼 쌓듯 좋은 영양제는 하나 하나 추가해 나가는 것이다. 갑자기 이슈가 된 영양제라고 마구잡이로 사먹지 말자. 영양제는 식품으로 부족한 성분을 보충하는 개념으로 먹는 것이다.

끝으로 이 책을 만드는 데 도움을 주신 많은 분께 감사와 사랑을 전한다. 책이 나오는 과정은 자신만의 싸움이 아니라 주위의 많은 도움으로 이루어지는 하나의 예술이라고 생각한다. 나의 예술을 함께 해준 넥서스 출판사 각 부서 담당자 분들, 오정원 편집장님, 저를 믿고 늘 함께 해주시는 인생 번영회 회원님들, 사랑하는 우리 가족 모두에게 무한한 사랑을 전한다.

또 내 글을 읽어준 갑력 독자들 덕분에 책이 나올 수 있었다.

모두의 삶 속에 사랑과 번영과 건강이 깃들기를 기원한다.